Für Alex

ESCAPE ROOM

CHRISTOPHER EDGE

This translation of Escape Room is published
by arrangement with Nosy Crow Limited.
www.adrian-verlag.de
Adrian & Wimmelbuchverlag GmbH
Friedrichstraße 126
10117 Berlin

Die Zeilen des Gedichts in Kapitel 10 stammen aus "There is another sky" von Poems by Emily Dickinson, First Series

Übersetzung: G.M. Pum
Satz deutsche Ausgabe: Phantasmal Image

ISBN: 978-3985851744

Printed 2023 in Germany

FSC
www.fsc.org
MIX
Papier | Fördert
gute Waldnutzung
FSC® C014496

1

Das ist The Escape.

Es sieht genau so aus, wie ich es mir vorgestellt habe: ein neonfarbenes Gebäude, das sich von den dunklen, fensterlosen Lagerhäusern in der Umgebung abhebt. LED-Lichter schimmern über seine verspiegelten Oberflächen, als ich mich nähere, und fangen mein Spiegelbild in einem Kaleidoskop von Farben ein.

Ich bin schon ganz aufgeregt. Hier wartet meine Belohnung für die harte Arbeit: ein Abend voller Abenteuer bei The Escape.

Vorausgesetzt, ich finde den Weg hinein.

Zuerst bin ich mir nicht sicher, ob das Teil des Spiels ist. Ich umrunde das Gebäude und suche nach dem Eingang, aber alles, was ich sehen kann, ist eine endlose Glaswand.

Es scheint, als hätten sie vergessen, eine Eingangstür einzubauen, was ein kleines Problem darstellt, möchte man ihnen einen Besuch abstatten. Vielleicht haben sie es deshalb The Escape genannt – weil es so schwer ist, den Eingang bzw. Ausgang zu finden.

Dann entdecke ich ihn. Auf halbem Weg, an der Wand entlang – ich hielt es für eine Spiegelung – befindet sich in Wirklichkeit eine Drehtür, wo sich die glatten Spiegelelemente, die den Rest des Gebäudes umhüllen, in einer sanften Glaskurve nach außen wölben. Vor dieser Tür bleibe ich stehen, mein Spiegelbild reflektiert sich in Stereo. Ich trete vor und drücke gegen die rechte Scheibe, um mit dem Spiel endlich beginnen zu können.

Sie bewegt sich nicht. Die Tür ist verschlossen.

Als ich hochblicke, sehe ich die schwarze Kugel eines Kameraobjektivs, das von der Decke herabstarrt, mit einem roten Punkt in der Mitte. Jemand beobachtet mich.

Ich winke freundlich in die Kamera.

„Ich bin es – Ami Oswald," sage ich mit einem hoffnungsvollen Lächeln im Gesicht. „Ich bin hier, um zu spielen."

Es herrscht einen Moment lang Stille, während ich auf eine Antwort warte. Dann klickt die Drehtür, und die Verriegelung wird gelöst. Der erste Test ist bestanden, ich drücke erneut gegen die Scheibe und trete ein, als die Tür aufschwingt.

The Escape.

Sofort fühlt sich die Luft kühler an, das leise Brummen des Verkehrs draußen wird durch eine gedämpfte Stille ersetzt, als sich die Drehtür hinter mir schließt. Ich befinde mich in einer Art Eingangshalle, einem großen runden Raum, der der Brücke eines Raumschiffs ähnelt. Die geschwungenen Wände kräuseln sich in denselben beruhigenden Farbmustern wie draußen. Die Eingangshalle wird von konzentrischen Lichtkreisen erhellt, die von der Decke herabstrahlen. In der Mitte des Raums befindet sich ein runder Empfangstresen, dessen Oberfläche in demselben hellen Weiß schimmert wie der Boden. Es sieht so aus, als fänden hier tausend Menschen Platz, aber als ich mich umschaue, bin nur ich da.

Ich gehe auf die Rezeption zu und höre das schrille Klacken meiner Schritte in der leeren Empfangshalle widerhallen. Ich dachte, es wäre jemand da, um mich zu begrüßen, aber als ich das Pult erreiche, sehe ich nur ein Namensschild, das auf mich wartet.

AMI

Ich hebe es auf und stecke das Schild an mein Oberteil. Wenigstens haben sie meinen Namen richtig geschrieben – Ami mit einem „i" und nicht mit einem „y".

Bei der Buchung sagte Papa, dies wäre die Heimat des ultimativen Escape Rooms. Manche nennen sie Escape

Spiele oder Exit-the-Room Abenteuer, aber die Funktionsweise ist immer die gleiche. Ein Team von Spielern wird zusammen in einem Raum eingeschlossen, um die Hinweise und Rätsel zu lösen, die sie finden, bevor die Zeit abläuft. Da ich gerne Rätsel löse, dachte Papa, ein Ausflug hierher wäre das perfekte Geschenk für mich. Aber es sieht so aus, als würde ich allein spielen.

„Hallo."

Die Begrüßung lässt mich halb aus der Haut fahren.

Ich drehe mich um und sehe ein Mädchen direkt neben mir stehen. Ihre Augen sind hinter einer knallrosa Sonnenbrille verborgen, aber das Lächeln in ihrem Gesicht strahlt noch heller als die Brille. Dunkle Zöpfe fallen ihr locker über die Schultern, und eine Handvoll Sommersprossen verstreut sich über ihre dunkelbraune Haut. Sie trägt ein langärmeliges T-Shirt mit einer alten Spielekonsole auf der Vorderseite, eine schwarz-weiß karierte Hose und neongrüne Turnschuhe. Dieses Mädchen sieht wirklich cool aus.

„Arbeitest du hier?“, frage ich.

Das Mädchen nimmt ihre Sonnenbrille ab, schüttelt den Kopf und zeigt auf das Namensschild auf ihrem T-Shirt.

„Ich bin Adjoa", stellt sie sich mit einem Lächeln vor. „Ich bin hier, um das Spiel zu spielen – genau wie du."

Ich lächle Adjoa an; ihre Begeisterung ist ansteckend. Innerlich fühle ich die gleiche Aufregung wie damals, als ich The Escape zum ersten Mal gesehen habe. Vielleicht wird das ja doch noch ein Spaß.

„Und wo sind die anderen?", fragt Adjoa und zieht verwundert eine Augenbraue hoch. „Ich dachte, wir sollten ein Team sein."

Als Antwort darauf hören wir das Surren der Drehtür und sehen zwei Jungs, die die Lobby betreten. Sie scheinen ungefähr so alt zu sein wie ich – oder wie Adjoa, jetzt, wo sie ihre Sonnenbrille abgenommen hat – aber abgesehen davon fällt mir auf, wie unterschiedlich sie wirken.

Der erste Junge bewegt sich schnell, sein kurzes blondes Haar färbt sich im Licht aschweiß, während er zielstrebig auf uns zuschreitet. Seine rastlosen Augen huschen von einer Seite zur anderen.

„Das ist also der Ort?", fragt er, und seine Stimme hallt in dem riesigen Raum wider. „Sieht für mich nicht nach viel aus."

Mit seinem schwarzen Oberteil mit Reißverschluss und der Jogginghose sieht er aus, als wäre er auf dem Weg ins Fitnessstudio, obwohl sein Outfit wahrscheinlich eine kluge Wahl ist. Neben dem Lösen von Rätseln und Hinweisen kommt man in Escape Rooms manchmal auch ins Schwitzen, wenn man sich körperlichen Herausforderungen stellen muss. Es kann sein, dass du an Stolperdraht-Fallen vorbeikommst oder durch ein Laser-Labyrinth kriechen musst. Das hängt ganz vom Thema des Spiels ab, das man spielt.

Auf der anderen Seite der Eingangshalle verweilt der zweite Junge immer noch in der Tür und schaut sich mit großen Augen um. Mit seinem grauen Schlabberpulli und den khakifarbenen Kordhosen sieht er nicht so aus, als wäre er für irgendeine körperliche Herausforderung bereit. Es sei denn, wir wären auf der Flucht vor der Modepolizei. Meine Augen werden von dem Rubik's Cube angezogen, den er in der Hand hält und dessen Quadrate er mit seinen langen Fingern gedankenverloren dreht. Fasziniert beobachte ich, wie die farbenfrohen Muster, die über die Seiten des Würfels wandern, die Muster widerspiegeln, die immer noch über die Wände huschen.

Der erste Junge bleibt vor der Rezeption stehen.

„Hallo", beginne ich, aber der Junge ignoriert mich einfach. Er streckt seine Hand aus, um zwei weitere Anstecker aufzuheben, die mir vorher nicht aufgefallen sind. Er heftet einen mit der Aufschrift OSCAR an seinen Reißverschluss und schaut über seine Schulter zurück.

„Hey!", ruft er dem Jungen zu, der immer noch an der Tür trödelt. „Bist du Ibrahim?"

Der zweite Junge nickt und blickt in seine Richtung. Sein dunkles, struppiges Haar ist aus dem Gesicht gestrichen, und seine kantigen Gesichtszüge verwandeln sich in ein nachdenkliches Stirnrunzeln. „Das bin ich."

Ibrahim eilt zu uns, der Würfel klappert noch immer in seinen Händen. Oscar hält ihm den Ausweis hin, auf dem IBRAHIM aufgedruckt ist.

„Danke", murmelt Ibrahim, als er seinen Zauberwürfel auf den Empfangstisch legt. Das Puzzle ist nun gelöst und jede Seite zeigt eine einzige Farbe. Er nimmt sein Namensschild und lächelt die anderen schüchtern an. „Seid ihr auch alle wegen des Spiels hier?"

„Willkommen im Team!", begrüßt ihn Adjoa freundlich und richtet ihr breites Lächeln auf Ibrahim. „Meinst du, wir sollten uns vielleicht die 'Fantastischen Vier' nennen? Wir müssen uns einen Namen aussuchen, der an der Spitze der Rangliste gut aussieht."

„Wir brauchen keinen dummen Teamnamen, um dieses Spiel zu gewinnen", spottet Oscar, aber da meldet sich eine neue Stimme mit einem Vorschlag.

„Was ist mit 'Fünf wissen mehr'?"

Als ich mich überrascht umdrehe, sehe ich ein Mädchen auf der anderen Seite der Rezeption stehen. Sie sieht nicht viel älter aus als ich – vielleicht zwölf oder dreizehn. Ihr glattes schwarzes Haar ist zu einem exakten Bob geschnitten, dunkle Augen leuchten unter ihrem Pony hervor. Ich brauche einen Moment, um herauszufinden, wie sie heißt. Ihr Namensschild ist unter all den anderen Ansteckern, die ihre Jeansjacke zieren, untergegangen. Dann entdecke ich es, eingebettet zwischen den Smileys, Superheldensymbolen und Peace-Zeichen.

MIN

„Ich meine, wenn dieses Spiel wirklich so schwer ist, wie die Leute behaupten", fährt das Mädchen fort, „dann müssen wir uns zusammenreißen, um zu gewinnen."

Kurz ist es still, während wir alle versuchen, herauszufinden, woher sie gekommen ist. Wechselnde Farbmuster flackern über die gebogenen Wände. Die einzige Tür an diesem Ort ist die, durch die wir alle gegangen sind, und ich habe Min nicht reinkommen sehen.

„Das gefällt mir", sagt Adjoa und bricht das Schweigen. „Wie beim Schwarmwissen, wo sich Menschen ihre Intelligenz teilen? Wir sind zu fünft, und wenn wir alle zusammenarbeiten, sind wir fünfmal so klug."

Min nickt mit dem Kopf. „Vielleicht sogar klüger", meint sie. „Was denkst du, Ami?"

Ich blicke mich in der Eingangshalle um, um mich zu vergewissern, dass da nicht noch jemand ist. Es gibt keine Namensschilder mehr, die darauf warten, abgeholt zu werden. Unter den hellen Lichtern stehen Adjoa, Oscar, Ibrahim und Min und starren mich an. Es sieht so aus, als ob das mein Team sei.

„Klingt gut", stimme ich zu. „Aber wann fängt das Spiel an?"

Und dann gehen die Lichter aus und die schimmernden Farben an den Wänden lösen sich explosionsartig auf. Für eine Sekunde spüre ich Angst aufflackern, aber dann wird sie von einer aufkommenden Aufgeregtheit weggefegt, als das Gesicht eines Mannes erscheint.

Es geht los.

Das Spiel beginnt.

2

„Willkommen bei The Escape“, sagt der Mann und seine Stimme erfüllt den Raum. „Ich bin der Moderator und ihr seid auserwählt worden, die Welt zu retten.“

Er sieht aus wie ein Mann, den man vom Lesen der Nachrichten im Fernsehen kennt, ordentlich zurechtgemacht und mit perfekt proportionierten Gesichtszügen. Die Wände des Foyers haben sich in einen umlaufenden Medienbildschirm verwandelt, von dessen Fläche allseits das Gesicht des Moderators starrt. Sein kurzes dunkles Haar ist grau meliert, und die Falten verleihen seinem Gesicht einen besorgten Ausdruck.

„Ihr seid die letzte Hoffnung der Menschheit“, fährt er fort. „Ich kann nur beten, dass ihr Erfolg haben werdet, wo wir versagt haben."

Er ließ es wie das Ende der Welt klingen, aber ich kann mir ein Lächeln nicht verkneifen. So beginnen diese Escape-Spiele immer – der Spielleiter stellt die Geschichte vor und erklärt, was man tun muss, um zu gewinnen. Das kann ein Einbruch in einen Banktresor sein, um einen unbezahlbaren Schatz zu stehlen, oder die Durchsuchung eines wissenschaftlichen Labors, um eine geheime Formel zu finden. Jeder Escape Room hat seine eigene, einzigartige Mission. Und jetzt wird er uns erklären, was wir tun müssen, um die Welt zu retten ...

Mein Blick wandert zu den anderen, deren Gesichter vom Licht des Bildschirms angeleuchtet werden. Ibrahim starrt aufmerksam auf den Moderator, den Kopf leicht zur Seite geneigt, während Oscar mit vor der Brust verschränkten Armen neben ihm steht. Adjoa, die meinen Blick auffängt, schenkt mir ein aufgeregtes Lächeln und nickt dann in Mins Richtung. Ich schaue hinüber und sehe, dass Min von irgendwo ein Notizbuch hervorgeholt hat und eifrig darin kritzelt, während der Moderator weiterredet.

„Wir brauchen euch, um die ANTWORT zu finden."

Ich kann die Großbuchstaben in seiner Stimme hören, als ein Nachrichtenticker am unteren Rand des Bildschirms zu laufen beginnt.

Findet die Antwort. Rettet die Welt. Findet die Antwort. Rettet die Welt. Findet die Antwort. Rettet die Welt. Findet die Antwort.

„Alles, was ihr zum Erfolg braucht, ist in The Escape versteckt. Die Rätsel, die ihr findet, und die Herausforderungen, denen ihr euch stellen müsst, mögen auf den ersten Blick unmöglich erscheinen, aber für euch ist nichts unmöglich. Seht euch genau um. Alles ist Teil des Spiels. Nutzt euren Verstand, um die Antwort zu finden. Das ist es, was wir brauchen, um die Welt zu retten."

Min schaut von ihrem Notizbuch auf. „Wenn sie wollen, dass wir die Antwort finden", erklärt sie, „müssen sie uns dann nicht sagen, wie die Frage lautet?"

Ich dachte, es handle sich um ein aufgezeichnetes Video, aber der Moderator hält inne und blickt in Mins Richtung.

„Wir haben so viele Fragen", antwortet er und schüttelt traurig den Kopf. „Und jeden Tag werden mehr Fragen an uns gestellt. Brennende Fragen, milliardenschwere Fragen, aber es ist alles nur noch eine Frage der Zeit. Die Uhr tickt – der Countdown hat begonnen."

Die steingrauen Augen des Moderators starren aus dem Bildschirm und scheinen die meinen zu fixieren.

„Findet die Antwort", beschwört er uns. „Findet die Antwort, bevor es zu spät ist."

Ich weiß nicht, was er meint. Er redet in Rätseln, aber ich soll gut darin sein, sie zu lösen. Bevor ich mein Gehirn anwerfe, höre ich Oscar etwas säuseln.

„Findet die Antwort, rettet die Welt, Bada Bing Bada Boom.“ Er schnippt mit den Fingern und ein Klicken hallt durch den Raum. „Also, worauf warten wir noch?“

Ein knirschendes, metallisches Geräusch ertönt und das Gesicht des Moderators beginnt sich in zwei Hälften zu teilen. Ich höre, wie Adjoa überrascht aufstöhnt, als die Bildschirme, die die Wände umkreisen, auseinandergleiten und eine offene Tür freigeben. Das muss der Weg in den ersten der Escape Rooms sein – der Ort, an dem dieses Spiel wirklich beginnt.

Hinter der Tür liegt der Raum in völliger Dunkelheit, aber Oscar marschiert bereits hinein. Die geschwungenen Wände der Empfangshalle leuchten nun wieder farbig, und Pfeile zeigen den Weg an.

„Ich werde jeden eurer Schritte überwachen“, sagt der Moderator und seine körperlose Stimme schwebt frei im Raum, während Ibrahim, Adjoa und Min schnell Oscars Schritten folgen. „Der Weg, den ihr durch The Escape nehmt, wird euch näher zu mir führen. Nehmt nichts als selbstverständlich hin. Hinterfragt alles. Die Antwort könnte an den unerwartetsten Orten zu finden sein.“

Ich beeile mich, die anderen einzuholen und tauche ein in die Dunkelheit des Raumes.

Es ist an der Zeit, die Welt zu retten.

3

Tief einatmend strenge ich meine Augen extrem gegen die absolute Schwärze an, die mich umgibt. Ich kann Geräusche in der Dunkelheit hören: das Knarren von Dielen und dann einen dumpfen Schlag, der wie das Zuschlagen einer Tür klingt.

Ich habe mich nie vor der Dunkelheit gefürchtet, aber es fühlt sich irgendwie erleichternd an, als endlich ein Licht aufflackert und den Raum mit seinem warmen gelben Schein erfüllt.

Wir stehen in einem Dachboden ähnlichen Raum. Eine nackte Glühbirne hängt von der Decke und beleuchtet ein schräges Dach und weiß verputzte, mit Spinnweben bedeckte Wände. Dazwischen stapeln sich überall, wo ich hinschaue, elektronische

Geräte: alte Computersysteme, Tastaturen, Monitore und Festplattentürme. Eine Spur von regenbogenfarbenen Flachbandkabeln schlängelt sich aus dem Inneren eines schwarzen Müllsacks, während ein anderer vermuten lässt, er sei mit CDs und DVDs gefüllt, deren silberne Scheiben sich über den Boden ergießen. Überall stehen Pappkartons und alte Verpackungskisten, aus denen noch mehr Technik quillt.

Alles ist mit einer dicken Staubschicht bedeckt. Sieht aus wie ein Ort, wohin alte Computer zum Sterben kommen.

Adjoa und Oscar stöbern bereits in den Stapeln, und Oscar drückt alle Knöpfe, an die er rankommt.

„Dieses Zeug ist total veraltet", stellt Adjoa fest und hockt sich hin, während sie die auf die Plastikgehäuse geätzten Namen vorliest. *„Altair 8800, Acorn Atom, Commodore 64.* Das sind keine Computer. Das sind Antiquitäten."

„Deshalb funktioniert auch nichts", knurrt Oscar und drückt einen Schalter an einem klobigen Monitor aus und wieder ein. Der kastenförmige Bildschirm bleibt leer. „Einfach nur Elektroschrott!"

Ich schaue mich um und versuche, die Tür zu finden, durch die wir hereingekommen sind. Aber nichts deutet unter dem Dachvorsprung hinter uns darauf hin – da ist nur eine kahle Ziegelwand. Ich drehe mich um und spähe über die Elektronikhaufen hinweg in die Dunkelheit am Ende des Dachbodens. Doch alles, was ich erkennen kann, ist die Form eines alten Sessels, der mir den Rücken zukehrt. Keine Spur von einer Tür. Und außerdem, auf diesem Weg sind wir niemals hereingekommen.

Die einzige sichtbare Tür ist eine Falltür in der Mitte des Bodens. Ibrahim hockt bereits darüber und versucht, den Riegel zu drehen, um sie zu öffnen. Langsam schüttelt er den Kopf. „Sie ist verschlossen."

Neben mir steht Min und kritzelt in ihr Notizbuch.

„Nur ein sichtbarer Fluchtweg", murmelt sie. „Verschlossen."

„Keine Sorge", sage ich und reiche Ibrahim meine Hand, um ihm wieder auf die Beine zu helfen. „So funktionieren diese Spiele. Wir müssen die Rätsel lösen, um den Ausweg zu finden."

„Was für Rätsel?", Oscar schnaubt, während er einen Karton aufreißt und den Inhalt betrachtet, bevor er ihn beiseite schiebt. „Das ist kein Escape Room – eher ein Trödelmarkt."

Eine Kassettenlawine rutscht aus dem Riss, den Oscar der Schachtel verpasst hat, und ergießt sich in einem Plastikgeklapper über den Boden.

„Alles ist Teil des Spiels", meint Min und blickt von ihrem Notizbuch auf. „Wir müssen nur herausfinden, was unsere Aufgabe ist."

Erneut sehe ich mich auf dem Dachboden um. Unter dem Licht starren mich die vergilbten Festplatten und toten Computerbildschirme wie Grabsteine an. Ich möchte ihm nicht zustimmen, aber ich werde das Gefühl nicht los, dass Oscar recht hat. Wie sollen wir herausfinden, was wir tun müssen, wenn nichts funktioniert?

Ibrahim nimmt das Ende eines der Computerkabel in die Hand. „Vielleicht müssen wir das nur einstecken?“

Mit einem vernichtenden Blick starrt mich Oscar an. „Findet den Stecker, rettet die Welt“, ätzt er, und seine Worte triefen vor Sarkasmus. „Ja, ich bin sicher, das wird funktionieren.“

Adjoa geht wütend auf ihn los. „Gut, dann erzähl mal von deiner glänzenden Idee!“, zischt sie und zeigt mit dem Finger in Oscars Richtung. „Dieses Zeug muss aus einem bestimmten Grund hier sein. Wenn wir es zum Funktionieren bringen, könnte es uns einen Hinweis geben.“

„Wir müssen diesen Ort auseinandernehmen“, antwortet Oscar. „Sollten zwischen den Schrotthaufen Hinweise versteckt sein, ist das die einzige Möglichkeit, sie zu finden.“

Adjoa verengt ihre Augen. „Das ist die dümmste Idee, die ich je gehört habe.“

„Schau, ob du ...“

„Können wir nicht einfach ...“

„Gebt mir die ...“

Alle fangen gleichzeitig an zu reden. Ungläubig starre ich sie an, mein Blick wandert von Oscar zu Adjoa, dann zu Ibrahim und Min, deren Stimmen immer lauter werden, während sie versuchen, sich Gehör zu verschaffen.

Das ist mein Team. Wir sollten zusammenarbeiten, um die Antwort zu finden.

So haben wir keine Chance.

Ich wende mich ab. Papa hat versprochen, das Spiel würde Spaß machen, aber es bereitet mir jetzt schon Kopfschmerzen.

Dann nehme ich über ihre streitenden Stimmen hinweg ein seltsames Geräusch am äußersten Rand meines Hörvermögens wahr – ein metallisches Klicken, als würde ein Schlüssel in einem Schloss gedreht werden.

Ich blicke zur Falltür, aber das Geräusch kommt nicht von dort.

„Hey“, rufe ich und versuche, die Aufmerksamkeit aller zu erlangen. „Könnt ihr das hören?“

Niemand hört zu, außer auf seine eigene Stimme.

Das Klicken ertönt erneut und ich schaue mich um, um herauszufinden, woher es genau stammt.

Zuerst vermute ich, es könnte einer der Computer sein, aber als ich mir einen Weg durch die Stapel veralteter Hardware bahne, wird mir klar, dass das Geräusch aus dem hinteren Teil des Dachbodens kommt. Ich spähe in die Finsternis, kann aber außer der hohen Lehne des breiten Sessels nichts erkennen.

Ich gehe weiter. Winzige Staubkörner tanzen vor meinen Augen und die Schatten um mich herum werden länger, während ich das Licht hinter mir lasse. Auch das Geräusch wird lauter, es klingt wie metallene Zähne, verfangen in einem sich drehenden Rad. Es läuft mir kalt den Rücken runter. Die streitenden Stimmen hinter mir werden leiser, während ich meine ganze Aufmerksamkeit darauf konzentriere, herauszufinden, was dieses Geräusch verursacht.

Und dann sehe ich ihn: den Mann, der regungslos im Sessel sitzt. Nein, nicht ganz regungslos. Die weiß behandschuhten Finger seiner rechten Hand trommeln auf den Schreibtisch, hinter dem er sitzt, und die rhythmischen Klicks kriechen in meinen Kopf. In der Mitte des Schreibtischs ist ein Schachbrett für eine Partie aufgebaut. Mein Herz schlägt schneller, als ich aufschaue und dem Blick des Mannes begegne, dessen dunkelgraue Augen in die meinen blicken. Er sieht aus wie ein Zauberer aus einem Buch mit alten Märchen. Sein Bart ist schwarz und spitz, sein Gesicht zeigt einen ernsten Ausdruck. Er ist in ein feuerrotes Gewand gekleidet, dessen Kragen und Ärmel mit Pelz besetzt sind, während seine dunklen Gesichtszüge unter einem juwelenbesetzten Turban hervorblitzen.

Meine Augen werden von diesem kostbaren Stein angezogen. Er gleicht einer schwarzen Perle und ist auf der Vorderseite seines Turbans befestigt. In ihrer

Mitte leuchtet ein roter Punkt. Sie erinnert mich an das Kameraobjektiv, das ich vor The Escape gesehen habe, und ich höre in meinem Kopf ein Echo der Worte des Moderators. Ich werde jede eurer Bewegungen überwachen.

Er beobachtet mich jetzt.

Die Finger des Mannes hören auf zu trommeln, und die nachfolgende Stille ist noch schlimmer.

„Ami!“, ruft Adjoa von der anderen Seite des Dachbodens her. „Was hast du gefunden?“

„Ich glaube, das müsst ihr euch selbst ansehen“, rufe ich zurück und halte meinen Blick auf das Kameraobjektiv gerichtet. „Ihr alle.“

4

Die anderen eilen zu mir, und alle Auseinandersetzungen sind vergessen, als sie sich um den Schreibtisch drängen.

„Was ist das?“, will Oscar wissen. Er klopft mit den Fingerknöcheln auf den Tisch. „Hallo? Ist jemand zu Hause?“

Der Mann bewegt sich nicht, mit unverändertem Gesichtsausdruck starrt er ausdruckslos vor sich hin.

„Das ist der Schachspieler von Maelzel“, erklärt Min und ihre dunklen Augen funkeln vor Freude. „Ein Automat, gebaut vor über 250 Jahren.“

Als sie das sagt, atme ich erleichtert auf. Ich wusste zuerst nicht, ob dieser Mann echt war oder nicht. Einige dieser Escape Rooms setzen

Schauspieler ein, um das Spiel glaubwürdiger erscheinen zu lassen, aber beim genaueren Hinsehen kann ich den Glanz seiner Wachshaut erkennen.

„Du meinst, wie ein Roboter?“, fragt Adjoa.

„Gewissermaßen“, antwortet Min. „Ein Automat war eine Maschine, die die Handlungen eines Lebewesens nachahmen konnte. Es gab mechanische Vögel und Spieluhrentänzer – diese frühen Roboter führten jedes Mal, wenn sie eingeschaltet wurden, dieselben sich wiederholenden Bewegungen aus –, aber der Schachspieler von Maelzel war anders. Sein Erfinder behauptete, dass seine Maschine jeden menschlichen Spieler beim Schachspiel besiegen konnte.“

Mit einem klickenden Surren bewegt der Mann langsam seinen Kopf von einer Seite zur anderen, seine tiefliegenden Augen begutachten das Schachbrett vor ihm. Ich halte den Atem an und warte darauf, was er als nächstes tut. Sein linker Arm zuckt nach vorne, die Bewegung ist so plötzlich, dass ich überrascht einen Schritt zurücktrete. Mit gespreizten Fingern hebt er einen weißen Bauer direkt vor seinem König auf und bewegt die Figur zwei Felder vorwärts, bevor er sie wieder absetzt. Als sein Arm ruckartig in seine ursprüngliche Position zurückkehrt, wird mir klar, was wir tun sollen.

Wir müssen spielen.

Ich beuge mich vor und schiebe einen schwarzen Bauer schnell ein Feld vor.

„Hey“, murrt Oscar und erhebt seine Stimme aus Protest. „Wer hat gesagt, dass du gegen den Roboter spielen darfst?“

Ich werfe ihm einen Blick zu. „Ich bin eine Schachmeisterin“, sage ich und zeige auf eine Anstecknadel an meinem Oberteil. Auf der Vorderseite dieses Abzeichens steht stolz ein goldener Ritter unter dem Wort GROSSMEISTERIN. „Willst du dieses Spiel gewinnen oder nicht?“

Das bringt ihn zum Schweigen.

Papa hat mir Schach beigebracht. Wir haben endlose Partien gespielt, die manchmal tagelang dauerten. Was mir daran gefällt, ist, dass man die Regeln befolgen muss. Jeder Spieler beginnt mit denselben sechzehn Figuren: acht Bauer, zwei Türmen, zwei Springern, zwei Läufern, einer Dame und einem König. Und das Ziel des Spiels ist immer dasselbe: den gegnerischen König anzugreifen, bis er nicht mehr entkommen kann. Schachmatt.

Aber um dorthin zu gelangen, muss man clever sein und herausfinden, wie man die Figuren des Gegners am besten angreift und gleichzeitig die eigenen verteidigt. Es ist ein Spiel, das Logik, Strategie und Geschick erfordert, und ich bin ziemlich gut in diesen Dingen. Deshalb hat Papa schließlich aufgehört, mit mir zu spielen – ich habe ständig gewonnen.

Der Schachspieler erwacht wieder zum Leben, sein linker Arm streckt sich aus, um einen weiteren Bauer aufzuheben. Mit dem Geräusch einrastender

Uhrwerkzahnräder setzt er diese Figur neben der ersten ab – eine Frontlinie von Soldaten, die auf meine Armee schwarzer Schachfiguren zusteuert. Doch noch bevor sein Arm in die Ruhestellung zurückkehrt, schiebe ich einen weiteren meiner Bauer vor, und stehe ihm nun gegenüber.

Der Roboter hält einen Moment inne, die Finger zittern, während seine Hand über dem Brett schwebt. Ich glaube, er hat nicht damit gerechnet, dass ich mich so schnell bewege. Sein Kopf schwenkt wieder langsam von einer Seite zur anderen. Es sieht aus, als würde er nachdenken, aber ich glaube, das ist nur Show. Dann zuckt sein Arm zurück, er hebt einen Springer auf und bringt ihn ins Spiel.

Das dachte ich mir, dass er das tun würde.

Ich nehme seinen Bauer.

Erstes Blut für mich.

„Netter Zug“, lobt Adjoa, als ich den geschlagenen Bauer auf den Tisch lege. Ich lächle, aber bevor ich mich zu sehr über mich selbst freuen kann, schlägt der Automat zurück.

Mit einem klickenden Surren sehe ich, wie seine behandschuhte Hand denselben Springer wieder aufhebt und ihn dieses Mal zur Seite transportiert, um meinen Bauer zu schlagen.

„Ja“, spottet Oscar und klopft mir auf die Schulter, als der Robotermann meine Schachfigur auf seine Seite des Tisches stellt. „Guter Zug, Champion.“

Ich ignoriere ihn und konzentriere mich auf das Brett vor mir.

Wenn du Schach spielst, musst du vorausschauend denken: Du musst überlegen, welche Züge du machen kannst, um deine Stellung zu verbessern. Es gibt vierundsechzig Felder auf dem Brett, aber daraus ergeben sich so viele Möglichkeiten. Jetzt muss ich mich nur noch für das richtige Feld entscheiden.

Ich strecke meine Hand aus und bewege einen meiner Springer nach vorne, aber als seine Maschine surrt, tut der Mann dasselbe, also bewege ich auch meinen anderen Springer.

„Ich weiß nicht, ob wir das tun sollten", raunt Min mit eindringlicher Stimme in mein Ohr.

„Was meinst du?", frage ich und versuche, mich nicht ablenken zu lassen, als der Robotermann seinen Läufer ins Spiel schiebt.

„Der Schachspieler von Maelzel war eine Fälschung", antwortet Min. „Es war keine echte Maschine. Immer, wenn er Schach spielte, versteckte sich jemand hinter den Kulissen und machte die Züge."

„Du meinst, so wie der Zauberer von Oz?", erkundigt sich Adjoa. „Ich liebe diesen Film." Sie klickt die Absätze ihrer neongrünen Turnschuhe zusammen. *„Es ist nirgends so schön wie Zuhause."*

Den Blick auf das Schachbrett gerichtet, schiebe ich den Bauer vor meinem König ein Feld vor. Es läuft alles nach Plan, meine Strategie nimmt in meinem Kopf Gestalt an.

„Das stimmt", bekräftigt Min, als der Schachspieler seinen zweiten Springer ins Spiel bringt. „Und nur wenn Dorothy den echten Zauberer entlarvt, kann sie den Weg nach Hause finden. Vielleicht ist es das, was wir tun müssen, um die Antwort zu finden. Wir müssen die Person entlarven, die diese Maschine steuert."

Ich höre nur halb zu, da ich meine Aufmerksamkeit auf das Spiel gerichtet habe. Ich kann sehen, wie sich die Züge, die ich machen muss, nacheinander entfalten. Ich ziehe meinen Bauer, um seinen ersten Springer anzugreifen.

Der Schachspieler erwacht wieder zum Leben und streckt seine linke Hand aus, um seinen Springer aufzuheben. Während die Zahnräder des Uhrwerks klicken, bewegt er diesen im rechten Winkel, um einen weiteren meiner Bauer zu schlagen.

„Er gewinnt", stöhnt Oscar.

Ich schüttle den Kopf, als ich meine Dame ins Spiel bringe. „Das glaube ich nicht."

Unter seinem Turban rollt der Schachspieler mit seinen leblosen Augen. Wenn ihn jemand wie eine Marionette steuert, sieht es so aus, als wüsste er nicht, was er als nächstes tun soll.

Sein linker Arm zuckt langsam über das Brett und bewegt erst seinen König und dann einen Turm, um diese

Rochade auszuführen. Ein defensiver Zug, aber er kann nicht alles verteidigen.

Lächelnd schiebe ich einen meiner Bauer vor und schlage seinen Springer.

Ich bin im Vorteil.

Ich schaue mich um und warte auf die Glückwünsche, aber die anderen scheinen sich mehr für das zu interessieren, was Min tut, während sie vor dem Schreibtisch hockt.

„Der Maschinenbediener war normalerweise im Inneren versteckt", erklärt sie und inspiziert die Türen und Schubladen, die das Innere verbergen. „Wir müssen die nur irgendwie aufkriegen."

„Ich habe das gefunden", ruft Ibrahim und hält einen kleinen silbernen Schlüssel hoch. „Er passte nicht in das Schloss der Falltür, aber vielleicht passt er ja hier."

Ein metallisches Klicken ertönt, als der Schachspieler langsam den Kopf schüttelt, als wolle er uns vor dem warnen, was wir als Nächstes tun werden.

Min probiert den Schlüssel im Schloss an der Vorderseite des Schreibtischs aus, und ich höre wieder dasselbe Geräusch.

„Es funktioniert", jubelt Min und blickt grinsend auf. „Jetzt wollen wir mal sehen, wer der Zauberer wirklich ist."

Wir drängen uns alle um sie, als sie die Türen öffnet, und enthüllt, was sich im Inneren des Schreibtisches verbirgt.

Es ist nichts da. Kein Uhrwerk mit Rädchen und Zahnrädern, keine versteckte Maschine. Keine Anzeichen für einen Puppenspieler, der die Fäden des Schachspielers zieht. Der Raum unter dem Schreibtisch ist völlig leer. Alles, was ich durch ein Gitter auf der Rückseite erkennen kann, sind die feuerroten Gewänder des Automaten.

„Ich verstehe das nicht“, wundert sich Min.

Ein surrendes Geräusch lenkt meinen Blick zurück auf den Schachspieler. Sein linker Arm zuckt wieder nach vorne, die Finger schließen sich um seinen Läufer und bewegen ihn dann diagonal, um meinen König anzugreifen. Als er die Figur abstellt, höre ich, wie ein einziges Wort über seine Lippen kommt.

„Schach.“

Seine Stimme klingt seltsam menschlich, während ich ungläubig auf das Brett starre. Ich hatte das nicht kommen sehen. Ich dachte nicht einmal, dass ich angegriffen wurde. Ich beuge mich vor und ziehe meinen König schnell aus dem Schachmatt.

Das Surren des Mechanismus setzt wieder ein und ich beobachte, wie der Mann seinen zweiten Läufer ins Spiel bringt. Ich schaue ihm in die Augen, der Glanz seiner wächsernen Gesichtszüge schimmert in der Dunkelheit. Sind wir wirklich sicher, dass er nicht echt ist?

Vor lauter Aufregung ziehe ich einen meiner Bauer zwei Felder vor. Das ist erlaubt, wenn es der erste Zug ist, den dein Bauer macht, auch wenn Papa das manchmal vergisst und mich des Schummelns bezichtigt.

Der Automat bewegt seinen Bauer ebenfalls, wodurch ich angegriffen werde.

Alle reden gleichzeitig - geben mir Ratschläge, schlagen mir Taktiken vor - aber ich muss einfach nachdenken.

Ich ziehe meinen Läufer diagonal ein Feld weiter und spiele auf Zeit.

Das Klicken des Uhrwerks setzt wieder ein, aber nun weiß ich, es ist kein Mechanismus, der dieses Geräusch macht. Es ist eine Täuschung – genau wie Min es gesagt hat – ein Trick, um uns abzulenken. Der Arm des Schachspielers zuckt langsam über das Brett und bewegt seinen Turm um ein Feld nach links. Aber vielleicht bestand der Trick darin, uns glauben zu machen, er sei nicht echt?

Es gibt keinen Zauberer zu entlarven, nur eine Maschine zu besiegen. Und das bedeutet, dass ich gewinnen muss.

Ich nehme meinen Springer, um seinen Läufer anzugreifen, und beobachte dann, wie er ihn aus meiner Reichweite zurückzieht. Ich ziehe meinen König. Er nimmt meinen Bauer, also nehme ich im Gegenzug seinen. Alle schweigen und sehen zu, wie sich das Spiel entwickelt, wie die Schachfiguren auf dem Brett tanzen: Dame, Läufer, Läufer, Turm. Und dann geht alles schief.

Wie aus dem Nichts stürmt sein Turm über das ganze Brett und schlägt meine Dame. Fassungslos starre ich auf seine behandschuhte Hand, die meine Figur an den Rand befördert und sie mit einem Klirren auf seiner Seite des Schreibtisches fallen lässt.

Ich stecke jetzt in großen Schwierigkeiten.

Die Königin ist die stärkste Figur im Spiel. Sie kann sich überall auf dem Brett hinbewegen, in jede Richtung und über eine beliebige Anzahl von Feldern. Wenn du deine Königin verlierst, wird das Gewinnen sehr viel schwieriger.

Mit einem Anflug von Frustration ziehe ich meinen Läufer, um seinen Turm zu schlagen, aber durch diese Vergeltung fühle ich mich nicht viel besser. Mit einem schnarrenden Geräusch wird ein weiterer weißer Bauer nach vorne geschoben, und der Schachspieler stellt seine Figuren zu einem unerbittlichen Angriff zusammen.

Ich bewege meine eigenen Bauer vorwärts, aber jeder Zug, den ich mache, fühlt sich an, als ob ich das Unvermeidliche hinauszögern würde. Diese Maschine wird gewinnen.

Dann greift Oscar über mich hinweg. Er hebt einen meiner schwarzen Springer auf und springt mit ihm zwei Felder nach vorne, um die Dame des Schachspielers zu schlagen.

„Was machst du da?“, zische ich, als er die gestohlene Figur auf meiner Seite des Spielbretts ablegt. „Springer können sich nur L-förmig bewegen - nicht geradeaus.“

„Wir können schummeln“, grinst Oscar und zwinkert meinem Gegner zu. „Der alte Urli hier wird es nicht bemerken.“

Mit einem metallischen Klirren schüttelt der Schachspieler heftig den Kopf. Der weiße Handschuh seiner rechten Hand klopft dreimal auf den Tisch, bevor er mit der linken Hand seine weiße Dame wieder an die Stelle setzt, von der sie gestohlen wurde.

„Ich glaube, das tut er doch.“

Dann macht der Schachspieler seinen eigenen Zug und schiebt seinen Turm bedrohlich vor. Ich weiß nicht, was ich tun soll, und schiebe meine Figuren auf dem Brett hin und her, als würde ich auf seine möglichen Angriffe reagieren. Ich habe das Gefühl, mir läuft die Zeit davon, denn seine Bewegungen klingen wie das Ticken einer Uhr. Ich starre auf die Figuren, die noch auf dem Brett sind, und versuche, einen Weg zum Sieg zu finden.

In der hinteren Ecke hat ein einsamer schwarzer Bauer fast die andere Seite erreicht. Und während ich diese Figur betrachte, erinnere ich mich. Der Bauer mag die am wenigsten starke Figur im Spiel sein, aber wenn er das Ende des Brettes erreicht, kann sich das ändern.

Ich schiebe den Bauer ein Feld vor und tausche ihn dann mit der gleichen Aktion gegen meine Dame ein. Lächelnd nicke ich mit dem Kopf in Richtung der gegenüberliegenden Ecke, wo der weiße König nun schutzlos gefangen ist.

„Schachmatt".

Mit einem klickenden Surren bewegt der Mann seinen Kopf hin und her, seine dunkelgrauen Augen studieren das Schachbrett vor ihm. Es gibt keinen Ausweg. Er kann keinen Zug machen, um Schachmatt zu vermeiden. Wir haben gewonnen.

Er hebt seinen rechten Arm und für eine Sekunde denke ich, er will mir die Hand schütteln. Dann holt er wütend mit dem Arm aus, stößt alle Figuren vom Brett und lässt sie durch die Gegend fliegen.

Über uns färben sich die Lichter rot und eine Sirene beginnt zu heulen.

„Ami!", ruft Adjoa. „Was ist da los?"

Ich schaue mich auf dem Dachboden um, wo die toten Computerbildschirme nun zum Leben erwachen und aufblinken. Ströme von Buchstaben und Zahlen laufen über die Bildschirme, die gleiche Nachricht wird immer wieder wiederholt.

SELBSTZERSTÖRUNGSMECHANISMUS AKTIVIERT

Und dann beginnen die Zahlen mit dem Herunterzählen. Ich wende mich den anderen zu, deren Augen vor Angst geweitet sind.

„Ich glaube nicht, dass wir gewinnen sollten."

5

Ich kann nicht denken – meine Fantasie blinkt rot, während das Sirenengeheul alles zu übertönen scheint. Die anderen stehen wie in Stockstarre da – alle außer einer.

Das durchdringende Dauergeräusch ignorierend, beginnt Min die verstreuten Schachfiguren vorsichtig wieder in ihre Ausgangsposition zu bringen, wobei sich die Reihen der schwarzen und weißen Bauern wieder gegenüberstehen.

„Was machst du da?“, stammle ich. Mein Herz hämmert in meiner Brust, während das karmesinrote Licht der Glühbirne über mir pulsiert.

Min hebt einen weißen Springer auf, lehnt sich über das Schachbrett und stellt ihn auf sein Ausgangsfeld zurück.

„Wir müssen noch einmal gegen ihn spielen", erklärt sie und blickt auf, um dem dunklen Blick des Schachroboters zu begegnen. „Lassen wir ihn gewinnen, damit das stoppt."

Doch als dieses letzte Wort Mins Lippen entweicht, lässt sie plötzlich mit einem Schreckensschrei das geschnitzte Pferd fallen.

Das Schachbrett steht in Flammen, auf jedem Schachbrettfeld brennt nun eine zischende Flamme. Ich weiß nicht, wie das passieren kann. Irgendwo unter dem Schreibtisch müssen Brenner versteckt sein, und jetzt hat jemand das Gas aufgedreht. Das Gewand des Schachspielers, das den Rand des Schachbretts berührt, entzündet sich und Min schreckt zurück, als die hochschlagenden Flammen an ihrem Ärmel züngeln. Schnell ziehe ich Min weg und klopfe auf die Flammen, da geht der Automat in Flammen auf.

Während er verbrennt, vernehme ich ein mechanisches Klicken. Der Schachspieler hebt einen Arm, um mit seinem behandschuhten Finger direkt auf mich zu zeigen. Durch die Flammen hindurch sehe ich, wie sein wächsernes Gesicht zu schmelzen beginnt, nur seine dunklen Augen glühen triumphierend.

„Schachmatt", spottet er und fletscht die Zähne zu einem schadenfrohen Grinsen.

Ich sehe mich um und suche verzweifelt nach etwas, um das Feuer zu löschen. Ibrahim wird aktiv, zieht ein

Tuch von einem Stapel uralter Computergeräte und legt darunter eine Reihe zerbrochener Bildschirme frei. Doch als er das Laken nach vorne wirft, um die Flammen zu ersticken, fängt es stattdessen Feuer und breitet die Flammen mit einem peitschenden Knistern über den Dachboden aus. Die sengende Hitze ist so heftig, dass sie uns zurückdrängt. Meine Augen huschen zwischen dem schmelzenden Gesicht des Automaten und der Nachricht, die von jedem Computerbildschirm aufblitzt, hin und her.

SELBSTZERSTÖRUNGSMECHANISMUS AKTIVIERT
98 … 97 … 96 … 95 …

Meine Gedanken rasen, während ich versuche herauszufinden, was schiefgelaufen ist. Das ist The Escape. Es sollte ein Abenteuer sein, aber als der Dachboden brennt, fühlt es sich nicht mehr wie ein Spiel an.

Aus dem Zentrum der Flammen höre ich den Schachspieler lachen. Er sieht noch immer wie ein Magier aus, doch der Zauber, den er ausgesprochen hat, führt uns direkt in die Hölle. Der mit Juwelen besetzte Turban ist von seinem Kopf gerutscht und gibt den Blick auf einen schmelzenden Schädel frei, aber die aufgesteckte schwarze Perle schimmert immer noch rot. Das muss bedeuten, dass die Kamera noch filmt. Der Moderator kann sehen, was vor sich geht.

„Irgendetwas ist schief gelaufen!", rufe ich und schreie direkt in die Kameralinse. „Sie müssen uns rauslassen!"

Aber der Schachspieler grinst nur, während die Flammen ihn verzehren.

„Komm schon, Ami", schreit Ibrahim und zieht mich am Arm weg. Widerwillig folge ich seinem Beispiel und bahne mir einen Weg durch die Stapel von Elektronikschrott, während das Feuer immer stärker wird. Auf der anderen Seite des Dachbodens hockt Min bereits über der Luke. Ich kann Brandspuren auf dem Ärmel ihrer Jeansjacke sehen, als sie sich anstrengt, die Falltür aufzureißen.

„Es hat keinen Sinn", keucht sie und blickt mir in die Augen. „Sie ist immer noch verschlossen!" Unter der dunklen Linie ihres Ponys flackert Angst auf, die über Mins Gesicht huscht. „Wir müssen etwas übersehen haben."

Die Sirene heult immer noch in meinem Ohr, während ich mich umschaue und versuche herauszufinden, was das sein könnte. Schwarzer Rauch strömt über die Decke, der beißende Geschmack lässt mich würgen. Der hintere Teil des Dachbodens ist jetzt ein Inferno. Leuchtend orangefarbene Flammen züngeln an den gestapelten Computermonitoren, deren flackernde Zahlen auf den Bildschirmen selbst jetzt noch herunterzählen, obwohl das Plastik blubbert und brennt.

73 ... 72 ... 71 ... 70 ...

Als ich mich von den sich ausbreitenden Flammen abwende, sehe ich Adjoa vor einem klobigen Desktop-Computer stehen, der aussieht, als sei er den 1980er Jahren entsprungen. Auf dem grünen Bildschirm werden die gleichen Zahlen heruntergezählt.

66 ... 65 ... 64 ... 63 ...

„Was machst du da?", rufe ich, während sie verzweifelt auf die Tasten tippt.

„Ich versuche, den Countdown zu stoppen", erklärt sie und ihre Finger klappern ohne Pause über die Tastatur. „Ich muss den Code hacken, um einen Weg hinein zu finden, aber bisher funktioniert nichts."

Ich will gerade fragen, was ich tun kann, um zu helfen, als Oscar sich vor mich drängt. Er schnappt sich den Computer und reißt Adjoa die Tastatur aus der Hand.

„Wir haben keine Zeit, einen Weg hinein zu finden", schreit er, während er alles auf den Boden wirft. „Wir müssen einen Weg nach draußen finden."

Der Monitor explodiert, als er auf den Boden fällt.

„Du Idiot!", brüllt Adjoa und dreht sich voller Wut zu ihm um. „Was glaubst du, was du da tust?"

„Was wir von Anfang an hätten tun sollen", brüllt Oscar zurück und trampelt mit seinen Turnschuhen auf der Computertastatur rum. Das Gehäuse zerbricht und spuckt die Tasten auf den Boden. „Ich nehme diesen Ort auseinander."

Ich starre ihn ungläubig an. Oscar scheint zu glauben, dass es uns helfen wird, zu entkommen, wenn wir alles kaputt schlagen, aber die Zahlen, die über die unzähligen Computerbildschirme hinter ihm laufen, sagen etwas anderes. Durch die Rauchschwaden zähle ich sie herunter.

49... 48... 47... 46...

Was passiert, wenn sie den Nullpunkt erreichen?

Während Oscar und Adjoa sich weiter streiten, werfe ich einen Blick zurück auf die sengende Leuchtkraft des Feuers. Es sieht aus, als wäre es lebendig; die knisternden Flammenzungen springen vom Boden zur Decke und verschlingen die Stapel von Computergeräten. Jeder Atemzug, den ich mache, brennt in meiner Kehle, und die Rauchschwaden verbergen den Rest des Dachbodens. Ich will weglaufen, aber es gibt keinen Ausweg.

„Wir müssen einen Feuerlöscher finden", rufe ich über Oscars und Adjoas zänkische Stimmen hinweg. „Wir müssen das Feuer löschen!"

Ganz in der Nähe geht das Walnussgehäuse eines alten Computersystems spontan in Flammen auf. Die plötzliche Hitze ist so stark, dass ich mich wegdrehen muss. Ich sehe Ibrahim, der mit gesenktem Kopf die umstürzenden Kisten mit technischen Geräten durchwühlt. Drähte und Kabel ergießen sich auf den Boden, Platinen liegen verstreut, während er nach etwas sucht, das unser Leben retten kann.

„Sieh dir das an!“, ruft er und dreht sich zu mir um.

Verzweifelt hoffe ich, einen Feuerlöscher zu sehen, aber alles, was er in der Hand hält, ist ein elektronisches Gerät. Es gleicht einer Art tragbarer Spielkonsole, aber sein graues Plastikgehäuse lässt es nicht gerade lustig aussehen.

„Was ist das?“, stöhne ich, als Min sich ebenfalls umschaut.

„Es ist ein Schachcomputer“, erklärt Ibrahim und hält mir das Gerät entgegen. „Und es spielt dein Spiel.“

Zwei Sätze gummierter Tasten flankieren einen graugrünen LCD-Bildschirm, über dem der Name der tragbaren Spielkonsole in verblassten roten Buchstaben steht.

e-CHESS 2000

Als ich das Gerät in die Hand nehme, sehe ich Schachfiguren über den verpixelten Bildschirm flackern, die Züge, die sie machen kommen mir unheimlich bekannt vor. Weißer Bauer auf D4, schwarzer Bauer auf D5, weißer Springer auf C3, schwarzer Bauer schlägt weißen. Ibrahim hat recht – das ist dasselbe Spiel, das ich gespielt habe, als ich den Automaten besiegt habe, der Funke, der das Feuer entzündet hat, der nun den Dachboden niederbrennt.

Min, die an meiner Schulter steht, keucht aufgeregt.

„Du kannst das Spiel wieder spielen“, jubelt sie, als schwarze und weiße Springer über das Brett flackern. Ich nicke mit dem Kopf und lasse meine Augen über die Steuerung des Spiels gleiten. LETZTE FIGUR, LETZTER ZUG, NÄCHSTE FIGUR, NÄCHSTER ZUG. Ich drücke auf das D-Pad und versuche, die nächste Figur auszuwählen.

„Es hat keinen Sinn“, ächze ich und schaue auf, um Mins Blick zu treffen. In ihren dunklen Augen flackert die gleiche Angst, die auch mich heimsucht. „Es lässt mich die Vergangenheit nicht ändern.“

Hinter Min bricht ein wackelnder Stapel von Computergeräten mit einem Krachen zusammen. Oscar ist immer noch dabei, alles zu zertrümmern, während Adjoa ihn anschreit, er solle aufhören. Schweiß tropft von Ibrahims Gesicht, als er entsetzt auf die massive Flammenwand starrt, die auf uns zukommt. Durch die Rauchschwaden hindurch kann ich die schmelzenden Plastikmaschinen sehen, den erbarmungslosen Countdown, der auf jedem zersplitterten Bildschirm läuft.

33... 32... 31... 30...

Ich kann nicht denken. Ich kann nicht mehr atmen. Papa sagte, es sei ein Spiel, aber es fühlt sich an wie das Ende von allem.

„Es muss etwas geben, das wir übersehen“, schreit Ibrahim mit angestrengter Stimme über dem Tosen der Flammen. „Wir betrachten das Ganze von der falschen Seite.“

Ich werfe einen Blick auf den e-CHESS 2000, auf dem immer noch dasselbe Spiel läuft, wieder und wieder. Die Spielsteuerung befindet sich auf der rechten Seite, aber auf der linken Seite des Bildschirms befinden sich vier weitere Tasten: SETUP, SHIFT, HINT, ESC. Ibrahim meint, dass wir etwas übersehen haben. Wir brauchen nur einen Hinweis, um herauszufinden, was es ist.

Ich drücke meinen Daumen auf die HINT-Taste und beobachte, wie eine Meldung über den LCD-Bildschirm des Spiels läuft.

FINDET DIE ANTWORT. RETTET DIE WELT.
FINDET DIE ANTWORT. RETTET DIE WELT.

Während die Nachricht weiterläuft, kann ich immer noch die schwarzen und weißen Figuren sehen, die sich über das digitale Schachbrett bewegen. Das Gerät hört nicht auf zu spielen, und dieser Hinweis hilft auch nicht. Wir wissen bereits, dass wir die Welt retten sollen, aber im Moment müssen wir nur uns selbst retten.

„Versuch es weiter“, drängt Min, während Oscar sich krampfhaft bemüht, in Richtung der Falltür zu kommen.

Ich drücke meinen Daumen erneut auf die Taste und beobachte, wie sich die Nachricht ändert.

DIE UHR TICKT.
DER COUNTOWN HAT BEGONNEN.

Das hat uns der Moderator gesagt, bevor wir diesen Ort betreten haben. Ich blicke auf und sehe das Feuer um uns herum, die Zahlen zählen immer noch runter, während die Bildschirme schmelzen.

14... 13... 12... 11...

Es gibt keine Zeit mehr. Es gibt keinen Ausweg.

„Ami!“, schreit Adjoa mit verzweifelter Stimme inmitten der Flammen. „Tu etwas!“

Ich drücke erneut auf die HINT-Taste, aber die Meldung bleibt dieselbe. Es ist, als würde der Moderator uns jetzt verhöhnen. Ich zerbreche mir den Kopf und versuche herauszufinden, was ich als Nächstes tun soll, aber alles, was ich höre, sind seine Worte, die in meinem Kopf herumschwirren.

Die Uhr tickt - der Countdown hat begonnen. Alles ist Teil des Spiels. Alles, was ihr zum Erfolg braucht, ist in The Escape versteckt.

Oscar klopft auf die verschlossene Falltür, während die Zahlen runterrattern.

10... 9... 8... 7...

Ich starre auf den Schachautomaten und lasse meinen Blick über die Tasten gleiten, auf der Suche nach dem, was wir verpasst haben. Und dann sehe ich es.

ESC

Escape.

Die Antwort starrt mir ins Gesicht. *Alles, was du zum Erfolg brauchst, ist in The Escape versteckt.*

5... 4... 3... 2...

Ich drücke fest auf die ESCAPE-Taste und spüre, wie das Gummi unter meinem Daumen gequetscht wird.

Plötzlich verstummt das Sirenengeheul und dann höre ich ein lautes rasselndes Geräusch.

„Sie öffnet sich", schreit Oscar und hebt die Klappe der Falltür an, als wir ein Geräusch hören, das an eine riesige Metallschlange erinnert, die in einen Brunnen gleitet. Wir drängen uns alle um die Luke und schauen in die Dunkelheit hinunter, während Oscar sich über den Rand hinunterlässt.

„Hier gibt es eine Leiter", ruft er, und sein Kopf und seine Schultern verschwinden langsam aus dem Blickfeld, als er sich an den Abstieg macht. Sobald der Weg frei ist, schwingt sich Min über die Kante hinunter, und mit dem Klappern ihrer Schritte verschwindet auch sie. Ibrahim ist der Nächste und Adjoa folgt dicht dahinter.

Ich sehe mich um. Alles brennt. Meine Hand hält immer noch den e-CHESS 2000, dessen LCD-Bildschirm jetzt in einer Pattsituation eingefroren ist.

„Komm schon, Ami!“

Auf Adjoas Schrei hin werfe ich den Computer in die Flammen. Dann steige ich auf die Leiter, ziehe die Luke über meinem Kopf zu und klettere in die Dunkelheit hinunter.

6

Unter meinen Fingern fühlt sich das Metall klebrig an, während ich von Sprosse zu Sprosse greife und mit dem Fuß halb abrutsche, als ich einen weiteren Schritt nach unten mache. Ich kann beim Hinuntersteigen nichts sehen; es ist total dunkel um mich herum.

Seit wir den brennenden Dachboden hinter uns gelassen haben, hat niemand mehr ein Wort gesprochen. Das Einzige, was mir sagt, dass ich in der Dunkelheit nicht allein bin, sind die klappernden Schritte unter mir, durch deren rüttelnde Vibrationen die Leiter hin- und herschwingt.

Es fühlt sich an, als kletterten wir schon ewig nach unten.

Als ich in die tiefschwarze Finsternis blicke, glaube ich, einen schwachen Lichtschimmer unter mir zu erkennen. Mit jeder Sprosse wird das Licht immer stärker, und am Fuß der Leiter bildet sich ein glühender Lichtkreis. Ich kann die anderen sehen, die sich um diesen Kreis scharen: Oscar, Adjoa, Ibrahim und Min, deren Gesichter nach oben blicken, während ich die letzten Sprossen hinunterklettere.

Die Leiter reicht nicht ganz bis zum Boden, also muss ich das letzte Stück springen. Eine Staubwolke wirbelt auf, als meine Füße auf dem Boden aufschlagen, der Aufprall meiner Landung hallt in der Dunkelheit wider.

„Du hast es geschafft“, freut sich Adjoa und lächelt erleichtert, als sie mir die Hand reicht, um mir aufzuhelfen. „Wir haben es alle rausgeschafft.“

Doch noch bevor ich den Mund zu einer Antwort öffnen kann, übertönt ein blechernes Rasseln alles andere. Das Geräusch kommt direkt von oben; die Metallleiter wird wieder aufgewickelt, ihre Sprossen verschwinden in der Dunkelheit.

Ich schaue mich nach den anderen um. Vielleicht sind wir dem Feuer entkommen, doch als ich versuche, über den Lichtkreis, der uns umgibt, hinauszublicken, weiß ich nicht, was wir als Nächstes tun sollen.

„Wo sind wir?“, Oscar knurrt. „Ich kann hier unten nichts sehen.“

Wie als Antwort auf seine Frage scheint das Licht heller zu werden und sich gegen die Düsternis zu stemmen, um genau zu zeigen, wo wir stehen.

„Oh, wow."

Es sieht aus, als befänden wir uns in einer Art Bibliothek, aber einer, die größer ist als alles, was ich je in meinem Leben gesehen habe. Regale erstrecken sich labyrinthartig in alle Richtungen: dunkle Bücherregale, die vom Boden bis zur Decke reichen, bestückt mit endlosen Reihen von Büchern. Ich kann nicht ausmachen, woher das Licht kommt, und als ich meinen Hals recke, um in die Höhe des nächsten Regals zu blicken, stelle ich fest, dass ich nicht einmal die Decke sehen kann. Die Regale scheinen sich ins Unendliche zu erstrecken. Es entsteht der Eindruck, die Bücher fänden kein Ende.

Ich fange Mins Blick auf, während ich zu den anderen zurücksehe, und die Andeutung eines Lächelns schleicht sich über ihre Lippen.

„Wie es aussieht, sind wir hier richtig", stellt sie fest und geht auf einen großen sechseckigen Schreibtisch in der Mitte der Regale zu. Seltsamerweise erinnert er mich an den Empfangstresen, den ich sah, als ich The Escape zum ersten Mal betrat. Nur, der niedrige runde Schreibtisch war sauber und weiß, während dieser dunkle Holzschreibtisch auf Brusthöhe reicht und an sechs Seiten mit einer Schmutzschicht überzogen ist.

„Was meinst du?", schnappt Oscar. Er wirbelt eine Staubwolke auf, als er Min in Richtung des Schreibtischs folgt. „Der Elektronikschrottplatz da oben war interessanter als diese blöde Bibliothek. Ich will Action und Abenteuer, keine Gute-Nacht-Geschichte."

„Verstehst du denn nicht?", blafft Min in Richtung der ächzenden Bücherregale gestikulierend. „Was auch immer die Frage ist, die Antwort liegt hier in der Bibliothek. Wir müssen nur das richtige Buch finden."

Ich schaue mich in den riesigen Regalen um. Wenn ich den nächstgelegenen Gang hinunterblicke, kann ich mir nicht einmal vorstellen, wo er endet. Und es gibt Dutzende von diesen düsteren Gängen, die sich in alle Himmelsrichtungen erstrecken. Es muss Hunderttausende von Büchern an diesem Ort geben. Vielleicht Millionen ...

„Und es sieht so aus, als würden wir erwartet", ruft Ibrahim und greift über den staubigen Schreibtisch, um eine Handvoll Karten aufzuheben. Der Reihe nach bietet er sie jedem von uns an, und als ich meine nehme, springt mir mein Namen in leuchtend weißen Buchstaben auf einem tiefschwarzen Hintergrund entgegen.

Ami Oswald

Bibliothèque Universelle

ユニバーサルライブラリ

„Warum hast du mir die gegeben?“, fragt Oscar und klopft mit den Fingerspitzen auf seine schwarze Plastikkarte.

„Das ist dein Bibliotheksausweis“, erklärt Ibrahim und hält seinen eigenen hoch, damit wir sehen können, dass wir alle den gleichen haben. „Bibliothèque Universelle - die Universalbibliothek. Wenn wir ein Buch finden sollen, werden uns diese vielleicht helfen.“

„Ich brauche keinen blöden Bibliotheksausweis“, brummt Oscar und steckt seinen in die Tasche seines Oberteils. „Wir wissen nicht einmal, ob wir ein Buch suchen. Vielleicht gibt es einen Geheimgang oder etwas anderes, das an diesem Ort versteckt ist. Wir müssen einfach mal alles erkunden.“

Oscar wendet sich vom Schreibtisch ab und stolziert auf das nächstgelegene Regal zu, wobei seine Turnschuhe eine neue Staubwolke aufwirbeln.

„Wer kommt mit mir?“, ruft er.

Als ich zu den anderen hinüberschaue, bemerke ich, wie Adjoa mit den Augen rollt. Es sieht nicht so aus, als hätte Oscar aus dem Durcheinander, das wir oben angerichtet haben, etwas gelernt. Mir kommt einer von Papas Sprüchen in den Sinn, den er immer anbringt beim Versuch, mir etwas zu verdeutlichen, ich es aber wie ein Wettrennen sehe und am Ende einen Fehler mache.

Blinder Eifer schadet nur.

Jetzt weiß ich, was er meint.

„Warte mal!“, rufe ich und bringe Oscar zum Schweigen. „Wir müssen erst einen Plan ausarbeiten, bevor wir noch mehr Fehler machen.“

„Und wessen Schuld ist das?“, schnauzt Oscar und wendet sich mir spöttisch zu. „Dein Fehler hat diesen Schachspieler in eine römische Kerze verwandelt“.

„Genau das meine ich“, erwidere ich und versuche, meine Verärgerung darüber zu verbergen, dass Oscar mir die ganze Schuld zuschiebt. „Wir dachten, wir würden das Richtige tun, aber weil wir uns beeilt haben, das Spiel zu spielen, haben wir es vermasselt. Wir sind gerade noch lebend aus dem Raum herausgekommen.“

„Wenn man ein Escape-Spiel spielt, kann alles ein Hinweis sein“, führt Min aus und gibt mir Rückendeckung. „Auf diesen Bibliotheksausweisen stehen unsere Namen. Sie müssen etwas bedeuten.“

Ich betrachte erneut meinen Ausweis und drehe ihn um. Auf der Rückseite befindet sich ein Strichcode, ein Streifen mit schwarzen, parallelen Linien auf einem weißen Feld. Meine Gedanken rasen. Strichcodes werden verwendet, um Informationen zu speichern. Vielleicht ist der Hinweis, den wir suchen, in diesen parallelen Linien versteckt.

„Habt ihr das gesehen?“, frage ich und halte meine Karte hoch, um sie den anderen zu zeigen. „Wenn wir diese Karten benutzen sollen, müssen wir ein Kartenlesegerät finden.“

Mein Blick wandert zurück zu dem imposanten Schreibtisch. Es ist kein Bibliothekar da, der uns helfen könnte. Auch von den Computern, mit deren Hilfe man seine Bücher ausleihen kann, keine Spur. Nur eine dicke Staubschicht zeigt, hier ist seit Jahren niemand mehr gewesen.

„Hier drüben!“

Adjoas Ruf lässt mich herumwirbeln. Sie sucht in der entgegengesetzten Richtung von Oscar, in einer anderen der langen Bücheralleen. Während ich sie beobachte, bleibt Adjoa an etwas stehen, das wie ein Wegweiser aussieht, halb verborgen im Schatten des hohen Regals.

Wir rennen hinüber, um zu sehen, was sie gefunden hat. Staub wird unter unseren Füßen aufgewirbelt, als wir den Wegweiser erreichen.

Zumindest dachte ich, es sei ein Wegweiser, aber aus der Nähe erkenne ich, es handelt sich um eine Art Informationspunkt. Eine schwarze Metallsäule erhebt sich auf einem breiten runden Sockel. Sie ist etwa drei Meter hoch, mit spindeldürren, zylindrischen Armen, die in der Nähe der Spitze sich verzweigen und in verschiedene Richtungen zeigen. Doch mein Blick wird von dem Display angezogen, das auf halber Höhe der Säule in Kopfhöhe angebracht ist. Während sich die anderen um das Gerät drängen, schaue ich über Adjoas Schulter, um die Nachricht auf dem gebogenen Bildschirm zu lesen.

WILLKOMMEN IN DER BIBLIOTHEK
BITTE SCANNE DEINEN AUSWEIS

Adjoa steckt ihren Bibliotheksausweis in den leeren Platz direkt unter dem Display. Ich beobachte, wie die dünne rote Linie eines Laserstrahls über den Strichcode auf der Rückseite der Karte gleitet, worauf sich die Meldung auf dem Bildschirm ändert.

WILLKOMMEN, ADJOA
DU HAST EINE RESERVIERUNG
GEH BITTE ZU DEINER SAMMELSTELLE

Über meinem Kopf ertönt ein surrendes Geräusch, und als ich aufblicke, sehe ich, wie sich einer der zylindrischen Arme dreht. Plötzlich kommt er zum Stillstand, und der spindeldürre Finger am Ende dieser Stange zeigt nun in eine der nächstgelegenen Regalreihen. Am Ende dieses Bücherregals schimmert eine Messinglaterne, deren Licht ein Schild erhellt, auf dem zu lesen ist: HIER GEHT ES ZUR SAMMELSTELLE A.

Adjoa grinst.

„Das ist A für Adjoa“, lacht sie, steckt ihren Bibliotheksausweis ein und wendet sich den anderen zu. „Also, ich weiß, wo ich hin muss. Scannt eure Ausweise, vielleicht erhalten wir dadurch weitere Hinweise.“

Ich stehe dem Automaten am nächsten, aber noch bevor ich meine Karte reinlegen kann, drängt sich Oscar vor mir rein.

„Geh mir aus dem Weg", schnauzt er und schiebt mich zur Seite, während er seine Karte einscannt. „Wenn wir ein dummes Buch brauchen, um die Antwort zu finden, dann werde ich der Erste sein, der es aufspürt."

Eine neue Willkommensnachricht erscheint auf dem Bildschirm, als sich mit einem Surren ein weiterer Metallarm über unseren Köpfen zu drehen beginnt.

WILLKOMMEN, OSCAR
DU HAST EINE RESERVIERUNG
GEHE BITTE ZU DEINER SAMMELSTELLE

Als er zum Stillstand kommt, zeigt der Arm in die entgegengesetzte Richtung. Ich drehe mich um und sehe eine Laterne, die den Eingang zu einer weiteren langen Allee von Büchern beleuchtet. Im Schein der Laterne kann ich gerade noch einige Worte in goldener Schrift ausmachen: HIER GEHT ES ZUR SAMMELSTELLE O.

„Das ist derselbe Weg, den ich vorher gegangen bin", grunzt Oscar und wirft mir einen Blick zu. „Ich sagte doch, ich habe die richtige Idee."

Ich starre ihn verblüfft an. Ohne mich wüsste Oscar nicht einmal, dass er nach einem Buch sucht. Während ich noch über eine sarkastische Erwiderung nachdenke, scannen Ibrahim und Min abwechselnd ihre Karten. Die Nachricht auf dem Bildschirm sagt beiden das Gleiche.

DU HAST EINE RESERVIERUNG
GEH BITTE ZU DEINER SAMMELSTELLE

Die Metallarme drehen sich langsam und weisen Ibrahim in die eine und Min in die andere Richtung. Jetzt wird mir klar, warum ich diesen Informationspunkt zuerst für einen Wegweiser gehalten habe; seine zylindrischen Stangen zeigen auf die vier Ecken der Bibliothek. Es ist, als will derjenige, der diese Reservierungen vorgenommen hat, uns aufteilen.

„Geh schon, Ami", fordert mich Adjoa auf. „Jetzt bist du dran."

Ich lege meine Karte in die richtige Position und beobachte, wie der Laserstrahl über den Strichcode fährt, dann schaue ich auf und sehe die neue Meldung auf dem Bildschirm.

WILLKOMMEN, AMI
DU HAST 129.864.880 ÜBERFÄLLIGE BÜCHER
DEIN KONTO WURDE GESPERRT

Das kann nicht richtig sein.

Ich scanne die Karte erneut und denke, dass das Gerät einen Fehler gemacht haben muss, aber die Meldung bleibt dieselbe.

Adjoa lehnt sich über meine Schulter und pfeift leise. „Das wird eine *gewaltige* Strafe geben."

Das verstehe ich nicht. Ich war noch nie in dieser Bibliothek, geschweige denn habe ich Millionen von Büchern ausgeliehen. Das ergibt doch keinen Sinn. Das ist unmöglich.

Ich ziehe meinen Bibliotheksausweis unter dem Scanner hervor und reibe den Strichcode auf der Rückseite meines Ärmels. Vielleicht ist ein Staubkorn darauf, das den Kartenleser durchdrehen lässt. Ich lege den Ausweis wieder in den leeren Raum unter dem Bildschirm und beobachte, wie die dünne rote Linie des Lasers erneut über den Strichcode rollt.

Es ändert sich nichts. Diese Maschine denkt immer noch, dass ich 129 Millionen Bücher ausgeliehen habe, und sie sagt mir, dass sie alle überfällig sind.

„Ich habe keine Zeit, mich mit euch Verlierern herumzutreiben", mault Oscar und geht auf das Regal zu. „Ich muss los, die Antwort finden, und bin wieder zurück, bevor ihr überhaupt die Frage ausgedacht habt."

Wir sehen ihm nach, die Schritte seiner Turnschuhe hinerlassen Fußspuren im Staub, als er den mit Laternen beleuchteten Büchergang hinuntereilt.

Min wendet sich an den Rest von uns. „Oscar hat recht", meint sie. „Wir müssen unsere Reservierungen abholen."

Ibrahim nickt, und ich spüre, wie mein Gesicht rot wird.

Das ist nicht fair. Alle anderen haben eine Mission - eine Reservierung, die sie irgendwo in dieser Universalbibliothek abholen müssen - aber mein Konto wurde gesperrt. Wie soll ich die Antwort finden, wenn ich nicht einmal das Spiel spielen kann?

„Keine Sorge, Ami", tröstet Adjoa, die meine Enttäuschung spürt. „Du kannst mit mir kommen. Ich könnte etwas Hilfe gebrauchen, um mich hier zurechtzufinden."

Ihr Mund verzieht sich zu einem Lächeln, und ich nicke dankbar mit dem Kopf.

Ich weiß, sie sagt das nur, um nett zu sein, aber ich bin irgendwie erleichtert, nicht allein gelassen zu werden. Diese verlassene Bibliothek hat etwas Unheimliches an sich.

„Wir treffen uns wieder hier, sobald wir die Reservierungen gefunden haben", erklärt Ibrahim, der immer noch seinen Bibliotheksausweis in der Hand hält. „Ich weiß, Oscar denkt, er findet die Antwort allein, aber es muss einen Grund geben, warum wir alle unsere eigenen Karten haben."

Ich werfe einen Blick zurück auf die Informationsstelle; auf dem Bildschirm erscheint immer noch die Meldung, dass mein Konto gesperrt ist. Ich weiß nicht, wie das in Ibrahims Theorie passt. Vielleicht ist es die Art des Moderators, mir mitzuteilen, dass ihm meine Spielweise nicht gefällt.

Ich hebe meinen Kopf und schaue zur Messinglaterne, die den Weg zur Sammelstelle A erhellt. Während Ibrahim und Min in entgegengesetzte Richtungen losstürmen, machen Adjoa und ich uns auf den Weg zu unserem eigenen Gang in dieser riesigen Kathedrale der Bücher.

Es ist an der Zeit, die Bibliothek zu erkunden.

7

„Was hältst du von den anderen?“, fragt Adjoa. Unsere Schritte hallen, als wir den düsteren Bücherkorridor entlanglaufen.

Staubflocken tanzen im unheimlichen Schein der Laternen, die am Ende jeder Regalreihe angebracht sind. Jede Laterne flackert erst auf, sobald wir den Anfang der nächsten Reihe erreichen. Es ist, als wolle die Bibliothek verheimlichen, was vor uns liegt.

„Ich weiß es nicht“, antworte ich, abgelenkt durch Adjoas Frage, während ich meine Augen gegen die Dunkelheit angestrengt zusammenkneife. „Was hältst *du* von ihnen?“

„Ich mag Ibrahim“, beginnt Adjoa. „Ich mag die Art, wie er die Dinge betrachtet. Wie er den Schachcomputer gefunden hat, und auch die Bibliotheksausweise. Man braucht jemanden wie ihn in seinem Team. Einen *Finder.* Jemanden, der Dinge sieht, die alle anderen übersehen haben."

Ich nicke mit dem Kopf. Was Adjoa sagt, macht Sinn. Ohne Ibrahims Spürsinn säßen wir immer noch in diesem brennenden Dachboden fest. In meinem Nacken spüre ich meine Haut kribbeln, wenn ich mich an das Prasseln der Flammen erinnere. Einfach unglaublich, dass der Moderator uns fast in Toast verwandelt hätte.

„Min ist die Kluge", fährt Adjoa fort und zählt die anderen an den Fingern ihrer linken Hand auf. „Schau dir nur an, was sie alles über diesen Schachspieler aus Marzipan oder wie auch immer er hieß, wusste. Sie kritzelt immer alles in ihr Notizbuch. Wenn du mich fragst, ist sie das Hirn dieses Teams."

Ich kann nicht umhin, aber ich ärgere mich schon ein bisschen, dass Adjoa Min für schlauer hält als mich. Schließlich war *ich* diejenige, die herausgefunden hat, dass wir die ESCAPE-Taste drücken müssen, um aus dem Dachboden zu kommen. Aber es macht keinen Sinn, Adjoa daran zu erinnern, sie ist gerade dabei, mir ihre Meinung über Oscar zu sagen.

„Totales Pech, dass wir an jemanden wie *ihn* geraten sind", stellt sie fest. Wie sie das Wort *ihn* ausspuckt, verdeutlicht, wen sie damit meint. „In einem Escape Room sind einige Spieler gut darin, Hinweise zu finden, andere sind geschickt im Lösen von Rätseln, aber manche

Leute mögen es einfach, sich schnell zu bewegen und Dinge zu zerstören. Das ist es, was Oscar macht. Er ist der klassische *Zerstörer.* Jedes Mal wird er eher rohe Gewalt als seinen Verstand einsetzen. Wir müssen versuchen, ihn an der kurzen Leine zu halten, damit er dem Rest von uns nicht das Spiel ruiniert."

Die nächste Laterne flackert auf und beleuchtet die Regale — Spiegelbilder der anderen. Dicht an der Wand ist eine Schiebeleiter befestigt, deren hölzerne Sprossen den Zugang zu den unerreichbaren Regalen ermöglichen. Ein Blick in die Höhe des Regals lässt mich zweifeln, irgendjemand würde es wagen, nach oben zu klettern.

„Was ist mit mir?", frage ich und schaue Adjoa an. „Was bringe ich in das Team ein?"

Die Arme vor der Brust verschränkt begutachtet mich Adjoa von oben bis unten.

„Ein bisschen von allem, denke ich. Du bist schlau wie Min, hast ein gutes Gespür für Dinge wie Ibrahim und auch keine Angst, Oscar die Stirn zu bieten." Ein verschmitztes Lächeln huscht über ihre Lippen. „Ich schätze, das macht dich zur Teamkapitänin."

Ich spüre, wie ich rot werde und sich plötzlich Wärme auf meinen Wangen breitmacht.

„Nein, danke", wische ich Adjoas Komplimente mit einem Kopfschütteln von mir. „So etwas brauchen wir nicht."

Es scheint als wolle Adjoa das ausdiskutieren, also wechsle ich schnell das Thema, indem ich die Frage an sie zurückgebe.

„Was ist mit dir?“, möchte ich wissen, als eine weitere Messinglaterne aufflackert und den Weg erhellt. „Was sind deine besonderen Fähigkeiten?“

„Ich?“ Adjoa grinst. „Ich bin die Geheimwaffe des Teams. Stell dir vor, Lara Croft trifft Indiana Jones, aber mit einem besseren Sinn für Stil. Eine tödliche Grube mit Schlangen? Kein Problem. Fallende Schwerter und rollende Felsbrocken? Nur zu. Eine Statue mit einer Sprengfalle? Ruf mich einfach. Ich bin die geborene Abenteurerin. Dieses Spiel wurde für mich erfunden.

„Komm schon“, drängt sie und beschleunigt ihren Schritt, während wir weiter die Bücherstraße hinunterwandern. „Wir wollen doch nicht, dass die anderen uns bei all den lustigen Sachen zuvorkommen.“

Es ist seltsam, sich die anderen irgendwo in dieser Bibliothek vorzustellen, die alle das Gleiche suchen. Als Adjoa vorauseilt, fahre ich mit dem Finger an einem der Regale entlang und streiche über die ledergebundenen Buchrücken, die dort dicht gedrängt stehen. Ein modriger Geruch liegt in der Luft und gibt mir das Gefühl, ich würde die Bücher selbst einatmen. Im Schein der Laterne lese ich die Titel auf den Buchrücken, die in goldenen Lettern hervorgehoben sind: *Können Gletscher hören? Kann ein U-Boot schwimmen? Warum fallen Dinge nicht herunter?*

Wir sollen nach der Antwort suchen, aber alles, was ich hier sehe, sind dumme Fragen.

Kurz halte ich inne und nehme eines der Bücher aus dem Regal. Sein roter Ledereinband ist alt und abgenutzt, aber wenigstens stellen die rissigen Buchstaben des Titels keine weitere Frage.

DER AUSDRUCK DER GEMÜTSBEWEGUNGEN
von Charles Darwin

Es hat Ähnlichkeiten mit einem dieser altmodischen Bücher, die mein Papa mir immer wieder ans Herz legen will. Er glaubt, sie könnten meinen Verstand schulen. Wie damals, als er mir das Gesamtwerk von William Shakespeare schenkte und sich dann ärgerte, als er mich dabei erwischte, wie ich eine Komplettlösung für The Legend of Zelda las. Er sagt, ich solle meinen Horizont erweitern, aber keine Ahnung, warum nur das nicht durch ein Videospiel gelingen kann.

Beim Durchblättern klappt das Buch bei einem Foto auf: ein sepiafarbenes Bild von einem Baby mit aufgerissenen Augen und weit geöffnetem Mund. Es sieht aus, als würde es weinen, sein Gesicht mitten im Schrei eingefangen, aber während ich das Bild anstarre, kommt mir der Gedanke, es könnte auch lachen.

Es ist, als ob zwei gegensätzliche Emotionen auf demselben Foto festgehalten werden. Die Gesichtsausdrücke sehen für mich so ähnlich aus. Das Baby schreit, aber ist es vor Freude oder vor Verzweiflung? Geistesabwesend streiche ich mit der Fingerspitze über das Foto und zucke zusammen, als eine Träne auf die Seite kullert.

Mit offenem Mund starre ich nun das Baby an und versuche herauszufinden, ob es echt ist, da sehe ich eine Textzeile, die unter dem Bild erscheint ...

Weißt du, wie es sich anfühlt zu fühlen, Ami?

Ich schlage das Buch zu, ein neuer Schauer von Staub rieselt auf den Boden. Die Worte standen gedruckt auf der Seite, aber es war, als könnte ich sie in meinem Kopf hören. Es klang wie der Moderator selbst, der mir ins Ohr flüsterte.

„Ami!"

Adjoas Ruf reißt mich aus meiner Angst. Schnell schiebe ich das Buch zurück ins Regal und beim Umdrehen sehe ich, sie steht etwa zwanzig Meter vor mir, direkt unter eine weiteren messinggefassten Laterne, deren bedrohliches Licht mir eine massive Wand mit leeren Regalen zeigt.

Das ist eine Sackgasse.

Mein Herz wird schwer, weil ich denke, wir sind in die falsche Richtung gelaufen, aber dann tritt Adjoa zur Seite und macht den Blick auf ein Schild frei.

WILLKOMMEN BEI DER SAMMELSTELLE A

„Wir sind hier", grinst sie.

8

„Aber wo ist das Buch?“, frage ich und suche verzweifelt in den Regalen nach einem Hinweis auf die Reservierung, die auf uns warten sollte.

„Keine Ahnung“, antwortet Adjoa, als sie sich mit staubigen Händen und Knien aufrichtet, nachdem sie das unterste Regal durchsucht hat. „Es muss hier irgendwo sein.“

Ich schaue über meine Schulter zurück. Die hoch aufragenden Regale, die unseren Weg säumten, sind nun wieder in Dunkelheit gehüllt. Das einzige Licht kommt von der Laterne, die über dem Schild angebracht ist, das uns am Sammelpunkt A willkommen heißt.

Aber als ich mich umdrehe, um die leeren Regale am Ende dieser Sackgasse zu inspizieren, ist da immer noch nichts, was wir einsammeln könnten.

„Vielleicht hat sich der Bibliotheksautomat geirrt“, überlege ich und erinnere mich an die Millionen überfälliger Bücher, die ich angeblich ausgeliehen habe. „Vielleicht sollten wir gar nicht hierher gehen.“

Adjoa betrachtet die unzähligen Regale, die sich außer Reichweite befinden.

„Wir haben noch nicht überall nachgesehen.“

Am anderen Ende des leeren Bücherregals befindet sich eine weitere Schiebeleiter und ich warte, dass Adjoa in Aktion tritt. Stattdessen wendet sie sich mir zu.

„Kannst du es suchen, Ami?“

Sie hält mir ihren Bibliotheksausweis hin, den ich mitnehmen soll.

Ich schüttle den Kopf, weil ich denke, sie versucht nur wieder, nett zu mir zu sein.

„Es ist deine Reservierung“, sage ich und schiebe ihre Hand sanft weg. „Nicht meine. Du solltest diejenige sein, die es findet.“

Aber Adjoa scheint bei meiner Weigerung zusammenzuzucken, ein schmerzhafter Ausdruck huscht über ihr Gesicht. Sie wirft einen nervösen Blick auf die Leiter, deren Holzsprossen mit einer dünnen Staubschicht bedeckt sind.

„I ... Ich kann nicht“, stottert sie. „Ich kann einfach nicht.“

Ich bin verwirrt. Bis jetzt war Adjoa diejenige, die den Weg vorgab, aber sie scheint plötzlich wie erstarrt zu sein. Und dann sagt sie mir, warum.

„Ich habe Höhenangst."

Ich sehe sie fragend an. „Wie kannst du Höhenangst haben?", frage ich und bemühe mich, meine Ungläubigkeit zu verbergen. „Du bist die Leiter vom Dachboden heruntergeklettert, und das fühlte sich an, als wäre sie eine Meile hoch."

„Das war anders", murmelt Adjoa, leicht schmollend. „Ich konnte im Dunkeln nicht sehen, wo ich bin." Ihr Blick wandert wieder hinauf zu den endlosen von einem beklemmenden Schimmer erhellten Regalen. „Nicht so wie jetzt."

Sie hält mir wieder ihre Karte hin und schaut mich bittend an. „Bitte, Ami. Finde es für mich."

Adjoa meinte, sie sei die geborene Abenteurerin, genau wie Indiana Jones, aber es sieht so aus, als sei ihre heimliche Angst die Höhe und nicht die Schlangen.

Ich nehme den Bibliotheksausweis und stecke ihn in die Tasche, gleich neben meinen.

„OK", sage ich und greife nach der Leiter. „Aber es gibt keine Garantie, dass ich da oben etwas finde. Vielleicht ist die ganze Sache nur ein Ablenkungsmanöver."

„Danke, Skipper", lächelt Adjoa erleichtert. „Ich bin dir was schuldig."

Die hölzernen Sprossen knarren unter Protest, als ich anfange zu klettern.

„Ich halte die Leiter", bietet sie an und stellt sich an den unteren Rand, sobald meine Füße die unteren

Sprossen bewältig haben. „Mach dir keine Sorgen, dass sie sich von der Wand löst."

„Mach ich nicht", murmle ich, während ich nach der nächsten Sprosse greife. „Nicht, bis du es erwähnt hast."

Ein Blick nach oben zeigt mir eine steile Wand aus Regalbrettern, die sich weit nach oben erstreckt. Wie bei allen anderen Regalen lässt sich auch hier nicht erkennen, wo es endet; die höchsten Regalböden verschluckt die Dunkelheit. Die Leiter scheint zu zittern, als ich mich zum nächsten hochziehe.

Das ist die Sache mit der Angst: Sie ist ansteckend.

Mit gesenktem Blick halte ich mich etwas fester an der Leiter fest, während ich die Länge des Regals vor mir betrachte. Am besten schaue ich weder nach oben noch nach unten, ich konzentriere meinen Blick einfach nach vorne und suche ein Regal nach dem anderen ab, während ich hinaufsteige. Aber jedes staubige Regal zeigt mir nur gähnende Leere; nirgendwo ein Zeichen von Adjoas Reservierung.

Staub rieselt unter meinen Fingern, als ich hinaufsteige. Wahrscheinlich war niemand in den letzten Jahren auf dieser Leiter. Wie kann es also sein, dass hier eine Reservierung auf uns wartet?

„Ich kann nichts sehen", rufe ich, halb in der Hoffnung, dass Adjoa sagt, ich solle jetzt aufgeben.

„Such weiter", bittet sie, und ihre Stimme klingt weiter weg, als ich dachte. „Denk daran, alles könnte Teil des Spiels sein. Selbst diese leeren Regale könnten ein Geheimnis verbergen. Ich weiß, du wirst etwas finden, Ami. Ich kann es in meinen Knochen spüren."

Eine Schweißperle bildet sich auf meiner Stirn, als ich dieses Echo des Moderators höre. *Alles ist Teil des Spiels*. Ich erinnere mich an das Buch, das ich mit dem Bild des Babys gefunden habe, dessen Träne über die Seite zu laufen schien. Die Worte, die ich dort las, scheinen wieder in mein Gehirn zu flüstern. *Weißt du, wie es sich anfühlt zu fühlen, Ami?*

Ich nicke mit dem Kopf, während ich weiter hochsteige. Ich habe Angst.

Der Moderator versprach, er würde jeden unserer Schritte überwachen. Aber im ersten Raum dieses Spiels hätte er uns fast in den Flammen sterben lassen. Die Leiter wackelt, als ich nach der nächsten Sprosse greife. Falls er jetzt zuschaut, wird er mich auffangen, wenn ich falle?

Ich wage es nicht, nach unten zu blicken, um zu sehen, wie weit ich geklettert bin. Ich mache einfach mit dem Suchen weiter, ein Regal nach dem anderen. Einige sind mit einem einzigen Wort beschriftet, das in einen Messinghalter gekritzelt und am Rand des Regals befestigt ist: ZOOLOGIE, PHILOSOPHIE, WISSENSCHAFT, GESCHICHTE und so weiter. Alles menschliche Wissen, klassifiziert und organisiert in der Bibliothek. Min dachte, wir würden hier die Antwort finden, aber jedes Etikett, das ich sehe, katalogisiert nur eine dicke Staubschicht. Die Regale sind leer.

Ich halte einen Moment inne und schaue nach oben, um vielleicht zu erkennen, wie weit ich noch klettern muss. Das Bücherregal verliert sich in der Dunkelheit, die blanke Wand aus Regalen ragt unendlich steil von hier hoch. Mein Herz sinkt. Was nützt es, hochzuklettern, wenn ich nie ganz oben ankomme?

Dann sehe ich es, ein schmales Buch, das auf der Seite liegt, fast außer Sichtweite in einer dunklen Ecke des Regals. Ich halte mich mit einer Hand an der Leiter fest und hebe das Buch auf. Es ist von einer dicken Staubschicht bedeckt, aber als ich sie abwische, kann ich den Titel lesen, der in goldgrünen Buchstaben auf dem Einband eingraviert ist.

Eine Schatzkammer der Natur

Ein aufgeregtes Summen dröhnt durch mein Gehirn. Das muss es sein.

Ich weiß, ich sollte sofort die Leiter hinuntersteigen und Adjoa zeigen, was ich gefunden habe. Immerhin ist es ihre Reservierung. Aber ich kann nicht widerstehen, das Buch aufzuschlagen, um zu sehen, worum es geht. In der Dunkelheit des Regals kann ich gerade noch diese zerklüfteten Zeilen lesen.

Es gibt einen anderen Himmel,
Immer heiter und schön,
Und es gibt noch einen Sonnenschein,

Auch wenn es dort dunkel ist;
Mach dir nichts aus verdorrten Wäldern,
Mach dir nichts aus stillen Feldern -
Hier ist ein kleiner Wald,
Dessen Blätter immer grün sind ...

Doch als ich versuche, die restlichen Zeilen zu lesen, scheinen die Wörter vom Blatt zu rutschen. Erstaunt beobachte ich, wie sich die schwarze Tinte in Staub verwandelt, und als ich einen überraschten Schrei ausstoße, werden die Flusen in die Luft gepustet. Ich starre auf das Buch hinunter, die Seite ist nun ein weißes Blatt.

Mit einem mulmigen Gefühl beginne ich, das Buch durchzublättern. Ich glaube, ich habe einen Fehler gemacht. Jede Seite wirbelt neuen Staub auf, meine Augen strengen sich gegen die Dunkelheit an, aber ich sehe nur, dass sie jetzt alle leer sind.

Wie konnte das passieren? Während ich mir den Kopf zerbreche und nach einer Erklärung suche, stelle ich fest, es ist nun viel dunkler als zuvor. Ich blicke auf und versuche herauszufinden, warum, und spüre, wie die Angst in meinem Hals aufsteigt.

Die Dunkelheit scheint vom Himmel zu fallen, aber plötzlich wird mir klar.

Es ist keine Dunkelheit. Es ist Staub.

9

„Hast du es gefunden?“, fragt Adjoa erwartungsvoll und ihre Stimme blubbert in mein Ohr, sobald meine Füße den Boden berühren.

Ich drehe mich um und ziehe das Buch aus meiner Tasche. Meine Knöchel sind noch weiß vom Umschließen der Leiter.

„Ich habe das hier gefunden“, antworte ich und reiche ihr den schmalen, in Leder gebundenen Text.

Adjoa beginnt mit einem erwartungsvollen Lächeln, das auch die Dunkelheit nicht trübt, im Buch zu blättern. Doch als sie die Seiten umblättert, verblasst dieses Lächeln, bevor sie innehält und mich fragend anschaut.

„Es ist leer“, stellt sie verwirrt mit einem Stirnrunzeln fest. „Da steht nichts drin.“

Mein Herz klopft in meiner Brust. „Da war etwas drin“, gestehe ich und habe Mühe zu erklären, was ich genau gesehen habe. „Es war ein Gedicht, glaube ich. Aber als ich es las, zerfielen die Worte einfach zu Staub. Seite für Seite. Es war, als würden die Wörter gelöscht werden.“

Noch während ich spreche, scheint es dunkler zu werden. Ich strecke meine Hand aus und beobachte, wie der Staub darauf landet. Jedes Körnchen scheint im Schein der Laterne zu glänzen, und als ich aufblicke, sehe ich, den Staub immer noch wie Regen herabfallen. Woher kommt das?

Ein schrecklicher Gedanke schleicht sich in meinen Kopf. Ich wende mich ab und gehe zu den dunklen Bücherregalen, deren dicht bepackte Regalbretter in krassem Gegensatz zur leeren Sackgasse von Sammelpunkt A stehen. Mit wachsendem Unbehagen ziehe ich eine Handvoll Bücher heraus und verteile sie auf dem Boden. Auf den abgewetzten Ledereinbänden scheinen die vergoldeten Buchstaben ihrer Titel eine Botschaft an mich zu senden: *Was haben wir getan*; *Unsere letzte Warnung*; *Das ändert alles*.

„Was machst du da?“, ruft Adjoa.

Doch als ich mich hinhocke, um die Seiten durchzublättern, bleibt mir die Antwort im Hals stecken. Rußwölkchen steigen wie Nebel aus den Büchern, Seite für Seite. Ich blinzle, huste und wedle mit der Hand, um die Luft klar zu bekommen, aber als ich nach unten schaue, sind die Seiten leer. Es gibt keine Wörter mehr, nur noch Staub.

Ich sehe einen Schatten, blicke auf und Adjoa steht über mir. Ihr Lächeln ist verschwunden, und ihre Augen zeigen denselben Ausdruck von Angst, den ich in mir spüre.

„Hier ist etwas Schlimmes passiert", murmle ich und stehe auf. „Wir müssen zurück."

Wir fangen an zu laufen und folgen unseren Fussspuren entlang dieser dunklen Bücherallee zurück. Nacheinander flackern die Messinglaternen im Vorbeigehen auf, aber das Licht, das sie verbreiten, scheint jetzt in Schatten gehüllt zu sein. Schwarze Flecken tanzen vor meinen Augen, während ich sehe, wie die Fußspuren, die wir hinterlassen haben, langsam unter einem Vorhang aus Staub verschwinden. Ich ziehe den Kragen meines T-Shirts hoch und bedecke Mund und Nase.

„Vielleicht kommt das vom Feuer auf dem Dachboden", bemerkt Adjoa und schnappt nach Luft, während wir rennen.

Ich schüttle den Kopf und kann auch kaum noch atmen.

„Es sind die Bücher."

Es kommt uns vor, als wären wir ewig gelaufen, und unsere stampfenden Schritte wirbeln neue Staubwolken auf. Als wir das erste Mal diesen Korridor hinuntergingen, waren die Bücher ordentlich in den Regalen aufgereiht und erstreckten sich so weit das Auge reichen konnte. Aber jetzt, wo wir laufen, sehe ich sie überall verstreut. Es sieht so aus, als wäre der Raum durchwühlt worden, die Bücher aus den Regalen gerissen und auf dem Boden verstreut. Alles ist mit einer Staubschicht bedeckt, die von Sekunde zu Sekunde dicker wird.

Vor mir in der zunehmenden Dunkelheit beginnt sich die Lücke zwischen den hohen Regalen zu vergrößern. Wir müssen uns dem Ort nähern, an dem wir gestartet sind. Ich höre Stimmen in der Ferne, die immer lauter werden, je weiter wir laufen. Ich hoffe nur, dass die anderen mehr Glück hatten als wir.

„Ami!" Ich höre Ibrahims Ruf, als wir zum Ausgangspunkt stürmen, und drehe mich um. Er steht im Schatten des Informationspunktes. Oscar ist auch da und starrt auf den Bildschirm. Die spindeldürren Arme, die von seinem Stamm abzweigen, bieten keinen Schutz vor dem Staub, der rundherum fällt.

„Habt ihr es gefunden?", fragt Ibrahim, während Adjoa und ich versuchen, zu Atem zu kommen.

Er hält ein Buch in der Hand und ich erkenne es sofort.

Eine Schatzkammer der Natur

Es ist das gleiche Buch, das ich am Sammelpunkt A gefunden habe.

Adjoa holt unser Exemplar aus ihrer Tasche. „Wir haben es gefunden", korrigiert sie und zeigt Ibrahim die leeren Seiten des Buches. „Aber es erzählt uns nichts."

„Bei mir ist es genauso", berichtet Ibrahim. „Als ich es das erste Mal öffnete, dachte ich, ich hätte etwas Geschriebenes gesehen, aber die Wörter schienen sich einfach in Staub zu verwandeln.

Ich erinnere mich, wie ich das Buch aus dem Schatten des Regals gezogen habe. Auch in Adjoas Buch waren Wörter geschrieben, deren zackige Linien sich in mein Gedächtnis eingebrannt haben.

Das Geräusch von Oscars Faust, die gegen den Bildschirm schlägt, unterbricht meine Konzentration. Er dreht sich um und schwingt das gleiche Buch.

„Es ist nutzlos", schreit er. „Ich habe schon eine Million Mal versucht, dieses Buch zu scannen, aber die blöde Maschine sagt mir immer dasselbe."

Ich schaue ihm über die Schulter und lese die Nachricht, die auf dem Bildschirm angezeigt wird.

RESERVIERUNG NICHT ERKANNT
BITTE VERSUCHE ES ERNEUT

„Diese Bücher sind Zeitverschwendung", knurrt er. „Ich wusste, dass Min Unsinn redete, als sie behauptete, wir würden die Antwort hier finden."

„Wo ist Min?“, frage ich in die Runde und merke plötzlich, dass wir nicht vollständig sind.

„Ich weiß es nicht“, antwortet Ibrahim. „Wir haben uns getrennt, vergessen?“

Als Antwort erklingt ein Knurren aus der Bibliothek, ein tiefes, grollendes Geräusch, das die Luft erschüttert. Ich werfe einen Blick auf die brodelnde Wolke über unseren Köpfen, eine wirbelnde Masse aus Staub, die von Sekunde zu Sekunde dunkler wird. Als die herabfallenden Staubkörner auf meinen Lippen landen, spüre ich ein seltsames Gefühl in mir aufsteigen und wische den Staub schnell weg.

„Das ist schlimm“, ruft Adjoa und erhebt ihre Stimme über das Getöse. „Das ist wirklich schlimm.“

Ich schaue mich um und blicke auf den dunklen, sechseckigen Schreibtisch in der Mitte der Bibliothek, der immer noch unbesetzt ist. Es gibt keinen Bibliothekar, der uns auffordert, leise zu sein. Ich weiß nicht, was wir jetzt tun sollen. Ich kann nur daran denken, dass wir hier raus müssen.

Ich recke meinen Hals und versuche, einen Blick in das Labyrinth aus Bücherregalen zu werfen. Und dann sehe ich Min aus dem Gang stolpern.

10

Min taumelt auf uns zu, ihr Gesicht grau vor Staub.

Ich schaffe es gerade noch, sie zu erreichen, bevor sie zu Boden fällt und ich spüre, wie ihr volles Gewicht in meine Arme sinkt.

„Ist sie okay?“, fragt Ibrahim und eilt zu mir, um mir zu helfen, Min in eine sitzende Position zu bringen und an den Bibliothekstisch zu lehnen.

„Ich weiß nicht“, murmle ich und sehe ihre Augenlider flattern.

Oscar erscheint an meiner Schulter. „Hat sie etwas gefunden?“, möchte er wissen. „Hat sie das Buch gefunden?“

Adjoa will ihn zum Schweigen bringen, aber dann öffnet Min weit ihre Augen.

„Ich habe das Buch gefunden“, antwortet sie, und die Worte kommen ihr kichernd über die Lippen. „Ich habe so viele Bücher gefunden. Große Bücher, kleine Bücher, wahre Bücher und Lügen. Und ich habe sie alle aufgegessen.“

Min kichert wieder und streckt uns dann ihre Zunge entgegen. Mit einem Schaudern sehe ich, dass sie schwarz vom Staub gefärbt ist.

Ein neuer Donnerschlag hallt durch die Bibliothek, das Geräusch rollt durch die Regale. Ich lege meine Hand auf Mins Schulter und komme näher, um herauszufinden, was schief gelaufen ist. „Was ist passiert, Min?“

Ihre Augen blinzeln erneut und öffnen sich dann weit, als würde sie mich zum ersten Mal sehen.

„Es tut weh“, jammert sie und ihre Stimme zittert, während sie ihren Kopf seitlich berührt. „Hier drin. Es ist, als würde der Staub zu mir sprechen.“

Sie sieht aus wie ein graues Gespenst, als sie mich mit gequälten Augen anstarrt. „Ich dachte, ich würde die Antwort finden, aber alles, was ich sehe, ist Dunkelheit.“ Dann fängt Min an zu husten und ich denke, dass sie nie wieder damit aufhören wird.

Es wird von Sekunde zu Sekunde dunkler; die geschwärzte Luft ist so dick, dass mir das Atmen schwerfällt.

„Was ist mit den Büchern?“, ruft Adjoa, ihre Stimme geht in der Staubflut fast unter. „Es muss etwas geben, das wir tun können.“

Ich schirme meine Augen ab und starre hoffnungslos in die Dunkelheit hinauf. Alle Bücher der Welt können uns jetzt nicht retten. Es sind ihre Wörter, die uns ersticken.

Aber während ich in diesen staubigen Himmel starre, machen sich einige Wörter in meinem Kopf los.

Es gibt einen anderen Himmel ...

Staub wirbelt wie Donnerhall über die Bibliotheksregale, aber ich halte mich an diesen Worten fest. Das bedeutet etwas.

„Wir müssen unseren Verstand benutzen“, rufe ich und drehe mich zu den anderen um. In ihren Händen halten Ajdoa, Oscar und Ibrahim immer noch *Eine Schatzkammer der Natur,* und ich strecke die Hand aus, um Adjoa den schmalen Band zu entreißen. „Ich dachte, ich hätte ein Gedicht in diesem Buch gesehen, aber es muss ein Rätsel gewesen sein. Wenn wir es lösen können, finden wir auch den Weg nach draußen.“

„Was stand da?“, fragt Ibrahim mit gedämpfter Stimme, während er sich den Mund mit dem Ärmel zuhält. „Die Worte in meinem Buch sind verschwunden, bevor ich sie überhaupt lesen konnte.“

Ich blättere in dem Buch und schlage es an der gleichen Stelle wie zuvor auf. Die Seite ist leer, aber ich kann immer noch die Wörter in meinem Kopf sehen, während ich sie laut rezitiere.

Es gibt einen anderen Himmel,
Immer heiter und schön,
Und es gibt noch einen Sonnenschein,
Auch wenn es dort dunkel ist;
Mach dir nichts aus verdorrten Wäldern,
Mach dir nichts aus stillen Feldern -
Hier ist ein kleiner Wald,
Dessen Blätter immer grün sind …

Ich blicke von der Seite auf und sehe überall Dunkelheit. Schatten fallen von den hohen Stapeln herab, Bücher treiben wie Treibgut in dieser unerbittlichen Staublawine. Die aufgewirbelte Luft ist voller Staubflusen, und der scharfe Geschmack sticht mir in der Kehle. Wir sind in einer staubigen Bibliothek gefangen, und ich weiß nicht, was dieses Rätsel bedeutet.

Ich höre Ibrahim murmeln, das Geräusch geht in dem Tumult fast unter.

„Hier ist ein kleiner Wald, dessen Blätter immer grün sind …"

Seine Augen scheinen zu glänzen, als er am Ende der Zeile ankommt. Er wendet sich mir zu und hebt die Hände in den Himmel.

„Das ist der Wald", ruft Ibrahim und deutet auf das Labyrinth der Regale. „Denkt darüber nach. Was ist eine Bibliothek anderes als ein Wald voller Bücher?" Er hält sein eigenes Buch hoch, dessen Seiten aufleuchten, während es Staub regnet. „Und in jedem Buch sind die Blätter."

Ich starre Ibrahim verblüfft an. Er hat den Schlüssel gefunden, um das Rätsel zu lösen, aber ich weiß immer noch nicht, was wir zu tun haben.

Halb blind vom Staub schaue ich mich verzweifelt um. Durch den beißenden Nebel hindurch fällt mein Blick auf den Informationspunkt, dessen seltsame Metallstruktur durch den aufkommenden Sturm sich hin- und herbewegt. Während ich darauf starre und jeder Atemzug in meiner Lunge rasselt, wird mir plötzlich klar, dass es mich an etwas anderes erinnert. Der breite Stamm mit seinen spindeldürren Armen, die sich in alle Richtungen verzweigen: Die Form eines Baumes.

Das ist es, was wir brauchen, um zu atmen.

Ich schaue auf das Buch in meinen Händen hinunter. „Jedes Buch war einmal ein Baum", rufe ich und erhebe meine Stimme über das Donnern des Staubs. „Und das ist es, was wir jetzt brauchen. Wir sind am Ersticken, und Bäume produzieren den Sauerstoff, den wir atmen. Wir müssen einen Baum bauen."

„Das ist das Dümmste, was ich je gehört habe", spottet Oscar und verzieht sein Gesicht zu einem Grinsen, als die Dunkelheit weiter zunimmt. „Wie sollen wir denn einen Baum bauen?"

Min hustet wieder und ich schaue nach unten. Sie hält mir etwas hin. Es ist eine Seite, die sie aus ihrem

Buch gerissen und in eine neue Form gefaltet hat. Es gleicht einem Blatt, dessen scharfe Kanten zu einer Spitze zusammengequetscht sind, während sich der gefaltete Stiel zwischen ihren Fingerspitzen windet.

„Es gibt ein altes chinesisches Sprichwort", sagt Min, noch immer nach Luft ringend. „Die beste Zeit, einen Baum zu pflanzen, war vor zwanzig Jahren. Der zweitbeste Zeitpunkt ist jetzt."

Ich nehme ihr das Origami-Blatt ab und begreife plötzlich, was wir tun müssen.

„Der Baum ist schon da", krächze ich und zeige auf die kahlen Äste des Informationspunktes, der im Sturm kaum noch zu sehen ist. „Es fehlen nur noch die Blätter."

Im aufgewirbeltem Staub sprinte ich auf die Konstruktion zu, das Origamiblatt zittert in meiner Hand. Ich kann den Staub zwischen den Zähnen schmecken, und in meinem Kopf tobt ein neuer Wortschwall. Ich versuche, die Worte zu verdrängen und mich auf die eine Sache zu konzentrieren, die ich jetzt tun muss.

Als ich das Baumgerippe erreiche, wische ich eine dicke Staubschicht vom Bildschirm und starre auf die Nachricht.

RESERVIERUNG NICHT ERKANNT
BITTE VERSUCHE ES ERNEUT

Mit zitternden Fingern lege ich das Origamiblatt in den leeren Raum unter dem Display und beobachte dann, wie die dünne rote Linie des Lasers über das gefaltete Papier gleitet. Ich höre ein surrendes Geräusch und sehe, wie sich einer der Metallarme zu drehen beginnt und eine neue Nachricht auf dem Bildschirm erscheint.

RESERVIERUNG ANGENOMMEN
BITTE IN DEN SCHLITZ LEGEN

Es hat geklappt. Ich greife nach oben und halte mich an dem sich drehenden Arm fest, um das zu finden, wonach ich suchen soll. Dann ertaste ich ihn, einen winzigen Schlitz auf dem zylindrischen Ast. Fummelnd schiebe ich den Stiel des Blattes in diesen Schlitz und trete dann zurück, um zu sehen, was als Nächstes passiert.

Ein schwacher Schein von Sonnenlicht scheint auf das gefaltete Papier zu fallen, ein goldener Glanz, der in der Dunkelheit schimmert. Die Worte des Rätselgedichts klingen in meinem Kopf. *Es gibt noch einen Sonnenschein* … Dann beginnt das Origamiblatt sich zu entfalten, das Papier raschelt, während es langsam grün wird. Es ist, als würde es sich daran erinnern, was es einmal war – die Origami-Form hat sich wie Pinocchio in das Blatt eines echten Baumes verwandelt.

Ich starre es erstaunt an, das einsame Blatt leuchtet grün, während ringsum Staub aufgewirbelt wird. Dann erscheint eine neue Nachricht auf dem Bildschirm.

Ich drehe mich auf den Fersen um und wende mich den anderen zu.

Min verharrt immer noch zusammengesunken im Schatten des Schreibtischs.

„Es funktioniert!“, rufe ich, als ein neues Donnergrollen durch die Bibliothek rollt.

Ich renne zurück zu Min, reiße eine Seite aus meinem Buch und halte sie ihr hin. Immer noch hustend sehen wir zu, wie sie die Seite in der Mitte faltet, die Ecken und Ränder doppelt legt und dann die kleinen Klappen nach innen steckt, wobei jede Falte die Seite in ein Blatt umwandelt.

Sie sieht aschfahl aus, als sie es mir hinhält. „Schnell, Ami.“

Ich rase zurück zum Informationspunkt, während die anderen beginnen, ihre eigenen Bücher zu zerreißen. Beim Einscannen des Papiers erhalte ich wieder dieselbe Nachricht, und ein weiterer Arm der Maschine schwingt herum, damit ich das Blatt an seinen Platz legen kann. Adjoa und Ibrahim folgen Mins Beispiel und falten die herausgerissenen Seiten aus ihren Büchern zu Origamiblättern. Sogar Oscar scheint mitzumachen, mit einem irren Grinsen im Gesicht reißt er die Seiten heraus.

Wir hetzen hin und her zum Informationspunkt, scannen jedes Blatt und stecken es in den Baum. Mit jeder Sekunde, die verstreicht, sieht er realer aus. Die Äste schimmern grün und ragen in einen Himmel, der noch immer voller Staub ist.

Dann höre ich einen weiteren Donnerschlag, viel lauter als der Rest des Lärms. Ich beobachte, wie sich der dunkle Baumstamm des Informationspunktes zu öffnen beginnt.

„Hier entlang“, schreit Oscar und klettert auf den sich erweiternden Riss zu. Es gibt einen Ausweg.“

Während der Staub aufgewirbelt wird, beobachte ich, wie er sich durch die Lücke zwängt, dicht gefolgt von Ibrahim und Adjoa. Ich will ihnen ebenfalls folgen, blicke dann aber zurück und merke, dass Min immer noch im Schatten des Bibliothekspultes zusammengesackt sitzt.

Sie wird es nicht allein schaffen.

Ich renne zurück an Mins Seite und versuche, den Staub nicht einzuatmen, während ein starker Regen auf uns beide niederprasselt. Ihre Augen sind geschlossen und ich muss ganz nah an sie ran, um zu prüfen, ob sie noch atmet.

„Wach auf, Min“, bettle ich und rüttle an ihrer Schulter, um sie zu wecken. „Wir müssen hier raus.“

Mins Augenlider flackern auf. „Ich hatte einen Traum“, murmelt sie, ihre glasigen Augen auf mich gerichtet, als wäre sie aus dem Schlaf erwacht. „Ich habe geträumt, ich wäre ein Schmetterling.“

Eine Sekunde lang zeigt sich ein schwaches Lächeln auf Mins Lippen. Dann wird sie von einem Hustenanfall heimgesucht. Sie bedeckt ihren Mund mit dem Ärmel und beugt sich nach vorne, während dieses rasselnde Bellen ihre schlanke Gestalt quält. Jeder bellende Huster klingt, als könnte er ihr letzter sein, und als Min ihre Hand wegzieht, sehe ich schwarze Flecken auf ihrem Ärmel.

Mit ängstlichen Augen starrt sie zu mir hoch, während der Staubsturm tobt. „Jetzt fühle ich mich wie ein Schmetterling, der träumt, er sei ein Mädchen."

„Ist schon gut", beruhige ich sie. „Ich werde dich hier rausholen."

Ich strecke meine Hand nach Mins Hand aus, aber stattdessen hält sie meinen Arm fest. Ihre Fingernägel graben sich in meine Haut, als ein weiterer Hustenanfall sie schüttelt.

„Verstehst du denn nicht, Ami?", keucht sie, als der Husten endlich nachlässt und ihre Worte in röchelnden Atemzügen kommen. „Ich habe mich geirrt. Ich habe vorher nicht geträumt. Dies ist der Traum. Ich bin der Schmetterling."

Ich starre Min an. Was sie sagt, ergibt überhaupt keinen Sinn. Ich glaube, dieser Staub hat ihren Verstand vergiftet.

„Ami!"

Ein Schrei lässt mich den Kopf drehen. Durch dichten Staubhagel erblicke ich Adjoa, ihr Gesicht eingerahmt von dem verdunkelten Tor, das jetzt im Sockel der Informationsstelle klafft.

„Ihr müsst jetzt raus", brüllt sie. „Das Tor schließt sich wieder."

„Komm schon", flehe ich und habe Mühe, Min aufrecht zu halten, während ich ihren Arm um meine Schulter lege. „Ich lasse dich nicht zurück."

Durch das Donnern des Sturms stolpere ich auf den Informationspunkt zu, Min mit ihrem ganzen Gewicht an meiner Seite. Der aufgewirbelte Staub schneidet wie winzige Dolche in uns hinein; jeder Atemzug, den ich mache, kratzt in meiner Kehle. Ich spüre, ich muss mich übergeben und spucke geschwärzten Schleim aus, als ich den Schutz der Blätter erreiche. Ich erblicke den dunklen Hohlraum, der in den Metallstamm geschnitten ist, und stolpere darauf zu, betend, dass noch Zeit bleibt um rauszukommen.

Mit einem knirschenden Geräusch schließt sich das Tor und die Vibrationen erschüttern diesen seltsamen Metallbaum. Ich gehe zuerst, denn der Spalt ist zu schmal, als dass wir zusammen hindurchpassen würden. Adjoa reicht mir die Hand, um mich hindurchzuziehen. Ich drehe mich um, um dasselbe für Min zu tun, aber stattdessen sehe ich, wie sie einen Schritt zurückmacht.

„Komm schon", dränge ich und spüre, wie die Seiten des scharfen Metalls beginnen, gegen meine Schultern zu drücken. „Ich kann es nicht mehr lange offen halten."

Min schüttelt den Kopf, ihr Gesicht umrahmt von einem Heiligenschein aus Staub. „Ich muss aufwachen", flüstert sie und macht einen weiteren Schritt zurück.

„Auf Wiedersehen, Ami. Bitte finde die Antwort für mich."

Ich strecke meine Hand aus und beiße die Zähne gegen den Schmerz zusammen, als das sich schließende Tor ächzt. Aber als meine Finger die von Min berühren, spüre ich, wie sie sich beginnt aufzulösen.

„Nein!", schreie ich, als Min sich in Staub zu verwandeln scheint. In einem Moment ist sie noch da, und im nächsten verschwunden, während die Dunkelheit sie umhüllt.

Ich starre entsetzt auf den brodelnden Sturm und kann nicht glauben, was ich gerade erlebt habe.

Dann spüre ich, wie ich nach hinten gezogen werde, das Tor schließt sich mit einem Klirren, während der Boden unter meinen Füßen zerbröckelt.

11

Um mich herum stürzen Felsen um, während ich falle. Es ist, als wäre ich in einem Erdrutsch gefangen und würde hin und her geschleudert in der Dunkelheit. Ich spüre, wie sich mein Körper verdreht und meine Beine verzweifelt in der Luft Rad fahren. Immer wieder versuche ich, in der Dunkelheit nach etwas zu greifen, aber nichts gelangt in meine herumrudernden Hände …

BAM!

Meine Schulter prallt gegen Stein, und der plötzliche Aufprall raubt mir den Atem. Es ist, als wäre ich gegen eine Backsteinmauer geknallt, und während ich mich vor Schmerzen krümme, fühle ich den harten Boden unter meinem Gesicht.

Einen Moment lang rühre ich mich nicht, versuche herauszufinden, ob ich mir etwas gebrochen habe. Alles, was ich in der Finsternis hören kann, sind meine eigenen holprigen Atemzüge. Dann sehe ich ein flackerndes Licht, das sich knisternd zu einem sich ausbreitenden orangefarbenen Schein erhellt.

Alles in mir schmerzt, als ich mich aufrichte und ich sehe, wie auch die anderen auf die Beine kommen. Wir scheinen uns in einer Art Kammer zu befinden, das Licht kommt von einer brennenden Fackel, die hoch oben an der nächstgelegenen Wand angebracht ist. Die Steinwände sind mit Ornamenten bedeckt, die seltsamen Gestalten von Ungeheuern und Menschen zeichnen sich in der Düsternis ab. Im Gegensatz zu der endlosen Bibliothek aus Staub, der wir gerade entkommen sind, ist diese Kammer nur zehn Meter lang und vielleicht halb so breit. In der Mitte des Raumes steht etwas, das wie ein massiver Steintisch aussieht, und der raue Boden um ihn herum ist mit Knochen übersät. Ich glaube, sie sehen menschlich aus ...

Ein Blick über meine Schulter zeigt mir eine gewölbte Treppe, zugeschüttet mit Trümmern. Das muss dieser Erdrutsch sein, der uns hierher gebracht hat: eine Mauer aus Geröll, die zeigt, dass es hier keinen Ausweg gibt.

Ich drehe mich wieder zu den anderen um; alle drei starren mich an.

Adjoa ist die Erste, die spricht.

„Wo ist Min?"

Ihre dunklen Zöpfe umrahmen ihren Blick voller Sorge, mit gespitzten Lippen wartet sie auf meine Antwort. Doch als ich Adjoas Blick begegne, sehe ich vor meinem inneren Auge nur Mins Gesicht, das zu Staub zerfällt.

„Sie ist weg", stammle ich und habe Mühe zu sprechen. „Ich habe versucht, sie zurückzuholen, aber sie wollte nicht. Die Tür schloss sich, der Staub schwirrte überall herum. Ich sah zu, wie sie sich auflöste ..."

Meine Worte verstummen und ich spüre, wie eine Träne über mein Gesicht rollt.

Es herrscht einen Moment lang Stille, dann lacht Oscar laut auf. „Ja, klar", motzt er. „Du bist so ein Dummi, Ami."

„Was meinst du?", frage ich und starre ihn ungläubig an. „Hast du nicht gehört, was ich gesagt habe? Hast du nicht gesehen, was da draußen passiert ist?"

Schniefend wischt sich Oscar mit dem Ärmel den Staub aus dem Gesicht.

„Spezialeffekte", antwortet er. „Das ist alles, was es war. Das Feuer, der Staub, die verschwindende Min – das ist alles nur Teil der Geschichte. Das ist das ultimative Escape-Spiel, schon vergessen?"

„Das ist kein Spiel", protestiere ich mit erhobener Stimme. Mein Blick fällt auf die verstreuten Knochen und ich spüre, wie sich mein Herz zusammenzieht. „Ich habe gerade gesehen, wie Min zu Staub zerfallen ist."

„Das ist es, was du glauben sollst, gesehen zu haben", erklärt Oscar und streicht sich den Staub von den Händen. „Min war nicht eine von uns. Sie wusste zu viel – denkt nur an all die Hinweise, die sie gegeben hat. Sie war Teil des Spiels, und jetzt haben sie sie aus dem Weg geräumt, um zu sehen, wie wir allein zurechtkommen."

Ibrahim, der in der Nähe steht, nickt langsam mit dem Kopf. „Ich habe gehört, dass einige Escape Rooms das so machen", sagt er. „Sie setzen eine Person in das Team, die mitspielt, um das Spiel zu überwachen. Sie gibt Hinweise, wenn sie sieht, dass das Team nicht weiterkommt, aber sie lässt sich nicht anmerken, dass sie in Wirklichkeit eine Schauspielerin ist."

„Siehst du", bemerkt Oscar und nickt mit dem Kopf in Ibrahims Richtung. „Er weiß, wovon ich spreche. Mach dir keine Sorgen um Min – sie wird sicher wieder beim Moderator sein. Sie beobachten uns wahrscheinlich gerade." Er sieht sich in der Kammer um, als würde er nach einer versteckten Kamera suchen. „Also müssen wir ihnen zeigen, dass wir die Antwort auch alleine finden können."

„Ich weiß, was ich gesehen habe", protestiere ich, als Oscar sich abwendet. Ich schaue zu Adjoa hinüber und suche nach Unterstützung, aber meine Freundin zuckt nur mit den Schultern.

„Vielleicht hat er recht, Ami", meint sie. Es ist, als ob sie verzweifelt versuchen, sich selbst davon zu überzeugen, dass dies immer noch ein Spiel ist.

Ein kleiner Zweifel schleicht sich in meinen Verstand. Wie kann ich sicher sein, dass das, was ich gesehen habe, wirklich wahr ist? Sicherlich hätte Papa mich nicht hierher gebracht, würde er denken, ich könnte verletzt werden. Ich erinnere mich an Mins Finger, die meine berührten, als ich spürte, wie sie sich aufzulösen begann, aber die Staubwolken hätten verbergen können, was wirklich geschah. Vielleicht *war* es nur Lug und Trug ...

„Was ist das hier für ein Ort?" Oscars schroffe Frage holt mich in die Gegenwart zurück. „Eine Art alte Ruine?"

Ich sehe mich in der gewölbten Kammer um, deren raues Steindach nicht viel höher ist als unsere Köpfe. Schatten tanzen über die gemeißelten Wände, die Formen von Totenköpfen und Hieroglyphen umgeben uns von allen Seiten. Wenigstens weiß ich, warum man das hier „The Escape" nennt – es gibt wieder keinen Weg hinaus.

„Wir befinden uns in einem Maya-Tempel", stellt Adjoa fest und beugt sich vor, um die Steinmetzarbeiten zu betrachten. „Das ist die Grabkammer."

„Wer ist Amaya?", spottet Oscar. „Und warum ist sie hier begraben?"

„Die *Maya* waren eine uralte Zivilisation", antwortet Adjoa und ignoriert den Spott in Oscars Frage. „Sie herrschten mehr als tausend Jahre lang und bauten große Städte in den Wäldern von Mexiko und Mittelamerika.

Und dann verschwanden sie einfach und verließen ihre Städte, als ihre Zivilisation zusammenbrach. Ihre Paläste und Pyramiden lagen jahrhundertelang tief im Dschungel verborgen, bis ihre Ruinen von unerschrockenen Forschern entdeckt wurden."

„Moment mal", unterbricht Ibrahim und hebt die Hand, als ob er im Unterricht eine Frage stellen würde. „Ich dachte, es waren die alten Ägypter, die die Pyramiden gebaut haben.

Adjoa schüttelt den Kopf. „Die Maya haben auch Pyramiden gebaut, mit steilen Stufen auf jeder Seite. An der Spitze befand sich ein Tempel, in dem die Priester Menschenopfer darbrachten, während die Forscher im Inneren der Pyramiden geheime Tunnel, Kammern und Fallen fanden. Hier müssen wir jetzt sein: im Herzen einer Maya-Pyramide."

„Woher weißt du das alles?", wundere ich mich, nicht sicher, woher Adjoa all diese Fakten hat. „Hast du das *Handbuch für altertümliche Zivilisationen* gelesen, während ich in der Bibliothek die Leiter hochgeklettert bin?"

Adjoa grinst als Antwort. „Der dreizehnte Level von *Tomb Raider: Underworld* ist in einem Maya-Tempel angesiedelt", klärt sie auf. „Daher habe ich diese Hieroglyphen erkannt. Ich habe dir gesagt, dass dieses Spiel wie für mich gemacht ist."

Ibrahim schaut sich stirnrunzelnd in der Kammer um.

„Wir müssen also nur den geheimen Tunnel finden und die Fallen vermeiden, richtig?"

„Wir müssen die Antwort finden", blafft Oscar, während er sich auf den langen Steintisch zubewegt, der sich in der Mitte des Raums befindet. „Also legt los."

Adjoa streckt hinter Oscars Rücken die Zunge heraus, scheint aber trotzdem seinem Befehl zu folgen und wendet sich von den Maya-Hieroglyphen ab, um die Kammer zu durchsuchen. Ich verdränge alle Gedanken an Min und folge ihrem Beispiel, während ich mich nach irgendeinem Hinweis umsehe. Ich glaube, der einzige Ausweg aus diesem Spiel ist, es zu gewinnen.

Als ich auf die vertrockneten Knochen blicke, die um meine Füße herumliegen, erkenne ich die Formen von Rippen, Oberschenkelknochen und Wirbeln aus meinem Lexikon. Sie sind eindeutig menschlich. Ein Schauer läuft mir über den Rücken, als ich in die leeren Augenhöhlen eines zerbrochenen Schädels starre, dessen vergilbte Zähne mich angrinsen.

„Sind das die Gebeine der Menschen, die hier begraben wurden?", frage ich. Meine Stimme hallt von den Wänden wider, auch wenn es kaum mehr als ein Flüstern ist.

Adjoa schüttelt den Kopf. „Das sind Menschenopfer", erklärt sie und steigt über die durcheinander geworfenen Knochen. „Wenn bei den Maya ein Adliger starb, wurden seine Diener getötet, um ihn in das Jenseits zu begleiten." Sie zeigt auf den langen Steintisch, hinter dem Oscar jetzt steht. „Das ist der, der hier begraben ist."

Beim Näherkommen sehe ich, hier handelt es sich nicht um einen Tisch, sondern um einen Sarkophag. Auf dem monolithischen Sarg liegt eine massive Steinplatte, in deren Deckel wirbelnde Muster und Hieroglyphen eingemeißelt sind. An der Oberseite sehe ich eine kleine kreisförmige Vertiefung und erkenne einen roten Schimmer tief unten in diesem Guckloch. Es erinnert mich an den roten Punkt, der mir in der Mitte des Kameraobjektivs aufgefallen war, und an den, der von der schwarzen Perle im Turban des Schachspielers schimmerte. In meinem Kopf höre ich wieder das Flüstern der Worte des Moderators. *Ich werde jeden eurer Schritte überwachen.*

Oscar hatte recht. Er beobachtet uns jetzt.

Adjoa bewegt sich näher heran und begutachtet die seltsamen Schnitzereien. Die größte von ihnen ist ein Kreis mit wirbelnden Spiralen darin.

„Dies ist das Symbol von Hunab Ku", erzählt sie mit leiser Stimme, während ihre Finger die Form nachzeichnen. „Einige behaupten, die Maya glaubten, er sei der Gott, der alles erschaffen hat."

„Dann sollte er wissen, was die Antwort ist", grunzt Oscar.

Ich erwarte, dass Adjoa über Oscars Unterbrechung die Augen verdreht, aber stattdessen nickt sie eifrig mit dem Kopf.

„Das sollte er", gab sie ihm recht, und ihre dunklen Augen glänzen vor Aufregung. „Verstehst du nicht, das bedeutet, wir sind auf der richtigen Spur. Die Maya glaubten, dass Hunab Ku im Zentrum der Milchstraße lebte – das ist es, was diese Spiralform darstellt, die Galaxie, in der wir leben. Andere nennen ihn den Galaktischen Schmetterling. Manche sagen, das Symbol des Hunab Ku zeige das Tor zu allem Wissen, also muss hier die Antwort auf die Frage liegen."

Oscar knackt grinsend mit seinen Fingerknöchel. „Dann lasst uns den Deckel von diesem Ding hochheben."

12

„Es ist sinnlos“, schreit Oscar und wischt sich den Schweiß aus dem Gesicht. „Ihr Schwächlinge seid überhaupt keine Hilfe.“

Seit gefühlten Stunden versuchen wir vier diesen massiven Steinblock zu bewegen, um den Deckel vom Sarkophag beiseite zu schieben und den Inhalt freizulegen. Aber in all dieser Zeit haben wir es nicht geschafft, ihn auch nur einen Zentimeter zu bewegen. Er wiegt eine Tonne.

„Sagst gerade du“, erwidert Adjoa schnippisch. „Hier ist das einzige Rätsel, bei dem rohe Gewalt statt Köpfchen gefragt ist, und es stellt sich heraus, dass du nur eine große Klappe hast.“

Als die beiden sich zu streiten beginnen, wende ich mich schwer seufzend ab.

Adjoa scheint davon überzeugt zu sein, dass die Antwort in diesem Sarkophag liegt, aber ich werde das nagende Gefühl nicht los, dass da irgendetwas nicht stimmt. Ich schaue mich in der Dunkelheit der Grabkammer um, blicke in die flackernden Schatten und versuche herauszufinden, was los ist.

Ibrahim hockt mit gebeugtem Kopf am Boden, und starrt auf etwas, das er dort gefunden hat.

„Was ist das?“, frage ich und wundere mich, ob er das gleiche Gefühl wie ich hat.

Ibrahim streicht sich das dunkle Haar aus dem Gesicht und sieht mich mit einem nachdenklichen Blick an. „Ich habe diese Knochen gefunden.“

Ich betrachte die im Staub verstreuten Skelettknochen.

„Ich weiß“, murmle ich und spüre, wie ein Angstkribbeln über meine Haut kriecht. „Schrecklich, nicht wahr? Adjoa sagt, sie wurden geopfert.“

Ibrahim nickt. „Und es sieht so aus, als hätten sie auch etwas mit ihnen gemacht.“ Er hebt einen der verstreuten Knochen auf und zeigt ihn mir. „Schau mal.“

Der Knochen, den er in der Hand hält, sieht aus wie ein Femur – der lange Knochen, den man im Oberschenkel findet. Dieser Knochen ist etwa einen halben Meter lang, aber als Ibrahim den Knochen umdreht, sehe ich, dass etwas daran seltsam ist. Ein Ende des Knochens ist ganz normal abgerundet, aber das andere Ende scheint zu einer Querkante geschliffen zu sein.

„Ist der Knochen eine Waffe, was meinst du?“

Ich nehme ihn aus seiner Hand und starre auf den geschliffenen Knochen, um herauszufinden, wofür er benutzt worden sein könnte. Ich glaube nicht, dass er eine Waffe ist – er ist weder ein Speer noch ein Schwert, auch wenn die Kante scharf genug aussieht, um zu schneiden. Seltsamerweise erinnert mich die Form eher an einen Türstopper, eines dieser Dinger, die man am Boden unter eine Tür klemmt, damit sie nicht zuschlägt. Obwohl es hier keine Tür zum Aufhalten gibt ...

Ich sehe auf und begegne Ibrahims Blick. Sein Kopf ist leicht zur Seite geneigt, als ob er die Welt aus einem anderen Blickwinkel betrachten würde. Ich erinnere mich daran, wie Adjoa ihn nannte, als wir durch die Bücherregale der Bibliothek streiften. Sie sagte, er sei ein *Finder* – jemand, der Dinge sieht, die alle anderen übersehen haben. Dieser Knochen muss irgendwie wichtig sein.

Ich höre das Geräusch einer Hand, die gegen einen Stein schlägt, und schaue zurück zu Oscar und Adjoa, die immer noch über den Sarkophagdeckel streiten.

„Wenn wir ihn nicht heben können, müssen wir ihn eben aufbrechen“, knurrt Oscar.

Adjoa hatte recht. Oscar ist ein Zerstörer. Doch als ich von der Steinplatte, die auf dem Sarkophag liegt, zu dem gemeißelten Knochen in meiner Hand blicke, schleicht sich eine Idee in meinen Kopf. Vielleicht braucht dieses Rätsel doch eher Köpfchen als rohe Gewalt ...

Ich stehe auf und gehe zurück zu Oscar und Adjoa. Während die beiden sich streiten, inspiziere ich stattdessen den Rand des Sarkophags, wo der schwere Deckel auf den darunter liegenden Steinsarg trifft. Es ist eine fast perfekte Versiegelung, aber an einigen Stellen erkenne ich Risse und Splitter, wo der Stein abgeplatzt ist. Sie sind zwar nur hauchdünn, aber wenn meine Idee funktioniert, dann könnte es damit klappen.

Vorsichtig richte ich den Knochen aus und lege seine scharfe Querkante an einen der Risse.

„Was machst du da?", fragt Oscar und wirft einen abschätzigen Blick in meine Richtung.

„Ich hebe den Deckel", erwidere ich.

„Alleine? Mit einem Knochen?" Oscar lacht laut auf. „Du hast keine Chance."

„Das ist kein Knochen, das ist ein Hebel", erkläre ich und schiebe die gemeißelte Kante zwischen Boden und Deckel des Sarkophags. „Und mit dem richtigen Hebel kann man die ganze Welt bewegen."

Mit aller Kraft, die ich aufbringen kann, ziehe ich an dem abgerundeten Ende des Knochens.

Der Deckel beginnt sich zu heben, zunächst nur um Millimeter, doch als ich den Hebel mit aller Kraft nach unten drücke, wird der Spalt immer größer, und plötzlich rutscht der Deckel mit einem dumpfen Geräusch weg, bevor er mit einem ohrenbetäubenden Knall auf den Boden fällt.

Oscar springt mit einem Aufschrei der Überraschung zurück.

Schwer atmend stehe ich einen Moment lang still, immer noch den angespitzten Knochen haltend. Es hat tatsächlich funktioniert. Aber mir bleibt keine Zeit zum Luftholen, denn die anderen drängen sich schnell um den nun offenen Sarkophag.

„Du hast es geschafft“, jubelt Adjoa und drückt meine Hand, als ich mich zu ihr setze. „Das war unglaublich, Ami! Jetzt können wir herausfinden, was die Antwort ist.“

Oscar gibt einen leisen Pfiff von sich, als er in den Sarkophag blickt. „Wen interessiert schon die Antwort“, sagt er. „Es sieht so aus, als hätten wir hier einen richtigen Schatz gefunden.“

In dem Sarkophag liegt ein Skelett auf dem Rücken, seine Knochen sind perfekt erhalten. Rundherum liegen unzählige exquisite Schmuckstücke: Halsketten aus Jade, Silberarmbänder und goldene Ringe. Unterschiedliche Perlen liegen verstreut zwischen winzigen geschnitzten Figuren, aber es ist nicht der Anblick dieses Schatzes, der mich erschaudern lässt. Es ist die Schicht aus leuchtend rotem Staub, die alles bedeckt.

„Ich nehme das“, sagt Oscar und streckt seine Hand nach der Krone aus, die auf dem purpurnen Schädel ruht. Doch bevor er sie greifen kann, schlägt Adjoa seine Hand weg.

„Nicht anfassen!“, schreit sie, und ihre Stimme ist voller Angst. „Dieser rote Staub ist Zinnober.“

„Na und?“, motzt Oscar und dreht sich wütend zu ihr um. „Das Zeug ist ein Vermögen wert – ein bisschen Zimt wird mir nicht schaden.“

„Nicht Zimt“, entgegnet Adjoa und bleibt standhaft, als Oscar versucht, sie zum Wegschauen zu zwingen. „*Zinnober.* Es bedeutet ‹Drachenblut› und ist das giftigste Mineral der Erde. Schon eine Berührung kann dich töten.“ Das flackernde Licht der Fackel lässt ihre Augen leuchten. „Es ist die perfekte Sprengfalle.“

Oscar tritt einen Schritt von der staubverkrusteten Krone zurück, aber Ibrahim blickt immer noch in den Sarkophag.

„Was glaubst du, wer das ist?“, fragt er.

Adjoa blickt auf das purpurne Skelett hinunter. „Es ist die Rote Königin von Palenque“, erklärt sie mit leiser Stimme, als hätte sie Angst, die Tote zu wecken. „Eine Adlige der Maya, deren Grab im dreizehnten Tempel einer verlorenen Stadt, tief im Dschungel von Mexiko, gefunden wurde. Niemand kennt ihre wahre Identität, aber die Schätze, mit denen sie begraben wurde, ließen manche glauben, sie sei die letzte Maya-Königin. Ihr Körper wurde mit diesem Staub bestrichen, weil er die gleiche Farbe wie die aufgehende Sonne hat und die Maya glaubten, dass er ihr die Kraft geben würde, ebenfalls aufzusteigen. Die Rote Königin würde wieder leben.“

Grauen erfasst mich bei dem Gedanken daran und dann werfe ich einen Blick über meine Schulter auf die restlichen Knochen, die zwischen unseren Fußspuren im Staub verstreut sind. Keine Chance auf ein neues Leben für irgendeinen von ihnen. Vielleicht zählen nur die Menschen mit Reichtum etwas ...

„Ich dachte, du hättest gesagt, wir würden hier drin die Antwort finden", knurrt Oscar, immer noch verärgert, dass er diese Reichtümer nicht in die Finger bekommt. „Wozu haben wir den Deckel geöffnet, wenn es uns nirgendwo hinführt? Hier gibt es kein Tor, nur einen Haufen staubiger alter Knochen."

Adjoa runzelt die Stirn, dieses Mal fehlt ihr die Antwort. Nochmals studiere ich das purpurrote Skelett, jedes Stück des Schatzes ist mit dem giftigen Staub bedeckt. Vielleicht hat Oscar recht. Vielleicht ist das nur ein Ablenkungsmanöver ...

Doch als mein Blick über die Reichtümer schweift, die über den Knochen der Roten Königin drapiert sind, sticht mir etwas ins Auge, das nicht so dazupasst. Unter dem Staub glänzen feine Schmuckstücke, doch zwischen ihren skelettierten Fingern scheint die Rote Königin eine einfache Muschel zu halten.

In meinem Kopf höre ich die Worte des Moderators. *Die Antwort könnte an den unerwartetsten Orten zu finden sein*. Ich ziehe ein Taschentuch aus meiner Tasche, bedecke damit meine Hand und greife dann in den Sarkophag.

„Vorsichtig, Ami", haucht Adjoa, als ich die Muschel aus dem Griff der Roten Königin befreie. „Berühre nicht den Staub."

Die Außenseite der Muschel ist kupferrot gefärbt, aber als ich sie vorsichtig in der Hand drehe, sehe ich eine Schnitzerei im Inneren der Muschel. Sie hat die Form eines Schmetterlings, dessen Flügel mit dem gleichen Muster wie der Deckel versehen sind. In der Muschel ist kein Staub, also nehme ich das geschnitzte Objekt vorsichtig mit der freien Hand heraus, bevor ich die Muschel und das Taschentuch zurück in den offenen Sarg werfe.

Während ich auf den steinernen Schmetterling hinunterstarre, drängen sich die anderen um mich, um ihn näher zu betrachten.

„Was ist das?", will Oscar wissen.

„Ich bin mir nicht sicher", antworte ich und halte die kleine Skulptur gegen das Licht. Im flackernden Schein der Fackel schimmern goldene Streifenmuster auf den Flügeln des Schmetterlings. Ich weiß, es ist nur ein Trick des Lichts, aber es sieht aus, als würde er gleich abheben.

„Es ist der Galaktische Schmetterling", flüstert Adjoa, und der Anflug eines Lächelns zeigt sich auf ihre Lippen. „Der Hunab Ku."

Als sie das sagt, macht sich plötzlich Aufregung in meiner Brust breit. Adjoa erwähnte vorhin, dass der Hunab Ku das Tor zu allem Wissen zeigt. Ich werfe einen

Blick auf die Steinmauern, die uns umgeben, auf die Götter und Monster, die diesen Ort bewachen. Dieser Schmetterling scheint aus demselben Stein gemeißelt zu sein, fast so, als müsste er hier irgendwo hinpassen. Und während ich auf die seltsamen Hieroglyphen starre, die die Stirnwand der Kammer markieren, scheint etwas in meinem Kopf zu klicken.

„Wenn wir nach der Antwort suchen, ist dies vielleicht der Schlüssel."

Mit dem steinernen Schmetterling in der Hand gehe ich zur gegenüberliegenden Wand und mein Blick sucht nach dem, von dem ich weiß, es muss dort sein.

„Wonach suchst du?", fragt Ibrahim und eilt zu mir.

Meine Finger zeichnen die Formen der Hieroglyphen nach, die Muster, die sie bilden, wirbeln in Spiralen über den massiven Stein. Die gemeißelten Gesichter von Jaguaren und Alligatoren starren mich mit gefletschten Zähnen an, als wäre ich ein Eindringling.

„Einen Ausweg", murmle ich, immer noch auf der Suche nach einer Stelle, in die die Schnitzerei passt. „Das ist es, was wir die ganze Zeit suchen: Die Luke auf dem Dachboden, die Tür in der Bibliothek – dieses Spiel heißt The Escape, also muss das hier versteckt sein, eine Art Tor, durch das wir entkommen können." Ich blicke auf den steinernen Schmetterling hinunter. „Und ich vermute, das ist der Schlüssel, den wir brauchen, um es zu öffnen."

Ich blicke zurück auf die Mauer und schaue in ihre schattigen Risse und Spalten. Neben den seltsamen Gesichtern von Tieren und Menschen erkenne ich die Formen von Muscheln, Kreisen und Linien, die in den Stein gemeißelt wurden.

„Was, glaubst du, bedeuten sie?", fragt Ibrahim, dessen Blick meinem folgt, während wir die spiralförmigen Formen der Hieroglyphen nachzeichnen. Doch bevor ich antworten kann, meldet sich Adjoa zu Wort.

„Ich glaube, sie zeigen die Zeit an", sagt sie und taucht plötzlich neben mir auf.

Hinter uns höre ich ein Kichern.

„Du meinst, wie eine Uhr?", spottet Oscar und stolziert zu uns, während wir die Wand nach Hinweisen absuchen. „Na ja, sieht so aus, dass sie stehengeblieben ist."

Ich weiß, er versucht, witzig zu sein, aber während ich auf die kreisförmigen Muster der Hieroglyphen starre, kann ich nicht umhin zu denken, dass es wie ein riesiges Zifferblatt *aussieht.*

„Das ist keine Uhr", belehrt ihn Adjoa und streckt die Hand nach dem äußersten Kreis aus, wo es Mitternacht schlagen würde. „Es ist ein Kalender." Sie beginnt, die Form dieses Kreises nachzuzeichnen, indem sie über jede der eingeritzten Hieroglyphen spiralförmig fährt. „Die Maya hatten nicht nur einen Kalender wie die Menschen heute, sondern drei. Dies ist der Haab, ein Sonnenkalender, der 365 Tage dauert. Jedes dieser

Symbole steht für einen Maya-Monat – *Zotz*, *Tzec*, *Xul*, *Yaxkin* und mehr – achtzehn Monate, die jeweils zwanzig Tage dauerten." Als ihre Hand wieder zum Anfang des Kreises wandert, hält Adjoa inne, ihre Finger schweben über einer seltsamen Hieroglyphe, die wie ein Schrei aussieht. „Und ein neunzehnter Monat mit fünf namenlosen Tagen, den die Maya *Wayeb* nannten. Dies war eine Zeit großer Gefahr, in der die Maya glaubten, dass sich die Tore zur Unterwelt öffneten und das Chaos auf der Welt entfesselt wurde."

Adjoas leise Worte hallen von den Wänden der Gruft wider und ich spüre, wie meine Haut vor Angst kribbelt. Wir mögen auf der Suche nach einem Tor sein, aber während ich auf diese geschnitzten Mäuler starre, hoffe ich nur, es ist nicht das Tor zur Unterwelt. Mit einer Handbewegung beginnt Adjoa einen zweiten Kreis aus Hieroglyphen zu zeichnen, ein Rad von einem zweiten Rad umgeben.

„Das ist der Tzolkin", sagt sie. „Es ist der Kalender, den die Maya benutzten, um ihre heiligen Tage zu markieren. Feste, Feiern und Zeremonien – all das wurde durch den Tzolkin bestimmt. Die Maya glaubten, er könne sogar die Zukunft vorhersagen."

Wie gebannt beobachte ich, wie Adjoas Finger den Hieroglyphen folgen und Schatten auf diese unheimlichen Schnitzereien fallen.

„Die Maya sahen die Zeit nicht als eine gerade Linie“, erklärt sie, „sondern als einen sich drehenden Kreis. Die Geschichte wiederholt sich – was schon einmal geschehen ist, wird wieder geschehen. Die Maya glaubten, dass die Zeit ein sich endlos drehender Kreislauf ist, der immer weitergeht.“

„Genau wie du“, murmelt Oscar. Adjoa ignoriert ihn, ihre Finger kommen in der Mitte des Kreises zur Ruhe.

„Bis zum Ende der Langen Zählung“, fährt sie fort. „Das ist der Kalender, den die Maya benutzten, um die Tage seit der Erschaffung der Welt zu zählen. Ein Zeitalter, von dem sie glaubten, es würde 2.880.000 Tage dauern.“

Adjoa bewegt ihre Hand von der Wand weg, darunter wird eine Ansammlung von Hieroglyphen sichtbar, die die Lange Zählung markieren. Die gemeißelten Formen monströser Gesichter blicken mich an, totenkopfartige Vögel und Jaguare, aber in ihrer Mitte sehe ich den Schatten einer Vertiefung im Stein. Bei näherer Beobachtung erkenne ich, dass diese winzige Vertiefung die Form eines Schmetterlings hat, und als ich ihn mit dem Stein in der Hand vergleiche, wird mir klar, dass er perfekt zu ihm passt.

„Das ist es“, rufe ich und bemerke ein schwaches rotes Glimmen, das aus dem Inneren der Vertiefung zu kommen scheint. „Ich glaube, ich habe das Schlüsselloch gefunden.“

13

Ich halte den steinernen Schmetterling zwischen meinen Fingerspitzen, die spiralförmigen Muster auf seinen Flügeln leuchten in einem unheimlichen roten Licht. Er sieht aus, als wäre er aus dieser Vertiefung gemeißelt worden, denn das rote Licht, das er ausstrahlt, kommt aus seinem Inneren. Es ist dasselbe Licht, das ich die ganze Zeit in diesem Spiel gesehen habe – das Licht, das mir bestätigt, dass ich recht haben muss.

Während sich die anderen um mich herum scharen, setze ich den Schmetterling vorsichtig in das Schlüsselloch und spüre, wie die Schnitzerei einrastet.

„Er passt“, flüstert Adjoa, ihre Stimme klingt gedämpft in den Schatten.

Mit angehaltenem Atem warte ich, was als Nächstes passiert, aber als sich die Sekunden in Stille verwandeln, bin ich gezwungen, ihn mit einem verwirrten Seufzer wieder herauszupulen.

„Das kann nicht stimmen", wundere ich mich und untersuche es aus der Nähe, um einen schwachen Schimmer am Rande der Schmetterlingsflügel zu erhaschen. „Es hat nicht funktioniert."

„Es muss funktionieren", sagt Adjoa. „Es passt alles zusammen – das Tor, der Schmetterling, der Hunab Ku. Das muss der Schlüssel sein."

Ich drehe mich um und mustere die anderen, um irgendeinen Hinweis zu bekommen. Ibrahim runzelt die Stirn, seine Finger zappeln, als seien die Hieroglyphen ein Rubik-Würfel, den er lösen muss. Oscar hat die Arme lässig vor der Brust verschränkt und einen besserwisserischen Blick aufgesetzt.

„Was ist los?" Ich schnauze ihn an, sein Grinsen nervt mich bereits.

„Wenn du glaubst, dass es ein Schlüssel ist", doziert Oscar und spricht langsam, als wäre ich dumm, „musst du ihn dann nicht drehen?"

Ich blinzle. Er hat recht.

Ich wende mich wieder der Wand zu und greife nach dem Schmetterling. Der gemeißelte Stein fühlt sich glatt an, doch als ich ihn zu drehen beginne, höre ich ein ruckelndes Geräusch wie das Schleifen alter Zahnräder.

Die spiralförmigen Hieroglyphen leuchten plötzlich in einem unheimlichen roten Licht und ich beobachte, wie sich die Räder zu drehen beginnen.

„Es funktioniert", wispert Adjoa mit einem Hauch von Erregung in ihrer Stimme. „Dreh weiter."

Während ich den steinernen Schmetterling langsam bewege, drehen sich die Hieroglyphen weiter. Wie gebannt beobachte ich, wie die zähnefletschenden Steingesichter umspringen und das Dröhnen der versteckten Maschinen die Wand zum Beben bringt. Während er sich dreht, scheint das äußere Rad die Monate abzuzählen, die Symbole, die Adjoa uns gezeigt hat, leuchten rot auf, während das innere Rad die Zeit zurückzudrehen scheint, während es sich gegen den Uhrzeigersinn bewegt. Ich betätige den Schlüssel weiter und warte auf ein Klicken, das nie kommt.

„Ich verstehe das nicht", seufze ich und erhebe meine Stimme über das klappernde Geräusch. „Wenn das das Tor ist, warum öffnet es sich nicht? Was müssen wir noch tun?"

„Lass es mich versuchen", zischt Oscar und schiebt mich zur Seite, um den Schlüssel in die Hand zu bekommen. „Es gibt einen Kniff für diese Dinge."

Aber als er den Schmetterlingsschlüssel bewegt, drehen sich die konzentrischen Ringe mit den Hieroglyphen immer weiter. Das Grabmal bebt, während sich die Ringe in entgegengesetzte Richtungen schieben.

Ich blicke ängstlich nach oben, als Steinsplitter beginnen, von der Decke zu fallen. Wir müssen damit aufhören, sonst werden wir lebendig begraben. Ein karmesinroter Schimmer scheint durch die eingemeißelten Symbole und Gesichter zu sickern, die Farbe blutrot, aber es gibt keine Anzeichen dafür, dass sich ein Tor zu öffnen beginnt.

„Vielleicht ist es kein Tor", stellt Ibrahim fest, fast so, als könnte er meine Gedanken lesen. „Vielleicht ist es eher die Tür zu einem Tresor, in dem die Antwort weggeschlossen ist. Der einzige Weg, ihn zu öffnen, ist, die richtige Kombination zu finden."

Ich schaue zu Ibrahim hinüber, der den Kopf zur Seite neigt, während er beobachtet, wie sich die Hieroglyphen drehen.

„Dies ist nicht nur ein Kalender, sondern ein Zeitschloss", behauptet er.

Während seine Worte in mein Gehirn sickern, scheinen sich die sich drehenden Symbole schärfer in mein Blickfeld zu rücken. Es ist, als ob mein Gehirn alle Geräusche und Ablenkungen ausblendet, um sich auf die eine Sache zu konzentrieren, die wichtig ist. Es ist kein Tunnelblick – es ist ein Rätselblick. Und wenn Ibrahim recht hat, verbergen die Hieroglyphen die Antwort. Ich wende mich an Adjoa, die mit gerunzelter Stirn beobachtet, wie sich die Räder drehen. „Wir müssen das richtige Datum finden, um das Tor zu öffnen."

Sie nickt zur Antwort, den Blick auf die sich drehenden Räder gerichtet, während Felsbrocken von der Decke der Gruft herabstürzen.

„Die Lange Zählung dauert 2.880.000 Tage. Das sind fast 8000 Jahre. Wir können nicht jedes Datum ausprobieren, in der Hoffnung, zufällig das richtige zu finden, aber es gibt ein Datum, das die Maya berühmt gemacht hat. Der 21. Dezember 2012 – der Tag, an dem laut der langen Zählung die Welt untergehen würde.

Sie wendet sich mir zu, ihre dunklen Augen leuchten im flackernden Fackelschein.

„Das muss das Datum sein, das das Tor öffnet – das Datum, das uns die Antwort gibt und dieses Spiel zu Ende bringt."

Ich werfe einen Blick auf die Steinmetzarbeiten, während sich die Räder in der Wand weiter drehen. Das unheimliche rote Licht, das durch jede Hieroglyphe zu sickern scheint, leuchtet am hellsten, sobald sie den höchsten Punkt erreichen, bevor es sich ein wenig abschwächt, wenn sie aus dem Zenit gleiten. Dies muss der Ort sein, an dem das Datum markiert ist, aber während ich auf die spiralförmigen Steine starre, kann ich nicht erkennen, welches der Symbole das Ende der langen Zählung anzeigt.

Adjoa sieht jedoch so aus, als ob sie es könnte. Sie schiebt Oscar aus dem Weg, packt den Schlüssel und beginnt, mit zusammengebissenen Zähnen, ihn schneller zu drehen. Während die Hieroglyphen mit klapperndem Getöse herumwirbeln, hält Adjoa ihren Blick auf den höchsten Punkt des Rades gerichtet und beobachtet, wie jedes eingemeißelte Gesicht kurz karmesinrot aufglüht, bevor es zum nächsten weitergeht. Dann haucht sie ein einziges Wort laut aus. „Jetzt."

Mit einem quietschenden, knirschenden Brüllen kommen die Steinräder zum Stillstand, als Adjoa aufhört, den Schlüssel zu drehen. Als Steine vom Dach des Grabes fallen, zeigt sie auf die Hieroglyphen, die am hellsten leuchten.

„Das ist das Ende des dreizehnten *Baktuns*", ruft sie und deutet auf ein finsteres Gesicht auf halber Höhe der Wand. „Der letzte Tag der langen Zählung. Es muss das richtige Datum sein."

Als ich zu dem steinernen Profil hochstarre, leuchtet sein einziges Auge rot auf. Zwei weitere Hieroglyphen befinden sich direkt darüber, und schaudernd sehe ich, dass die höchste von ihnen einen skelettierten Kiefer zeigt.

Eine Sekunde lang ist es still, und dann höre ich direkt hinter mir ein schabendes Geräusch, als würden Knochen auf Stein kratzen.

Als ich mich umdrehe, sehe ich, wie sich die Rote Königin langsam aus ihrer Gruft erhebt.

14

„Geht zurück!“, schreit Adjoa und versucht zu entkommen, als das purpurne Skelett auf uns zutaumelt. „Lasst euch nicht von ihr anfassen!“

Schwaden von Zinnoberstaub fallen von den Fingern der Roten Königin, als sie ihre skelettartige Klaue ausstreckt. Die Jadekrone hängt schief auf ihrem Schädel und ihre Zähne sind in einem in einem geisterhaften Grinsen gefletscht, während ein rotes Licht aus den augenlosen Höhlen schimmert. Ich bin wie erstarrt vor Angst und kann mich nicht losreißen, denn mein Blick ist auf den ihren gerichtet, als die Gruft mit einem dumpfen Grollen erbebt.

Oscar hämmert gegen die Wand, doch der massive Stein weigert sich, sich zu bewegen. „Lasst uns raus! Lasst uns raus!“, schreit er.

Aber der Moderator hört nicht zu. Die Rote Königin regiert jetzt diesen Ort.

Hinter ihr erheben sich langsam die Umrisse weiterer skelettierter Gestalten vom Boden, die Knochen der toten Maya, die sich wieder aufrichten, um ihrer Königin zu dienen. Ich werfe einen Blick zurück auf die Räder der Hieroglyphen und versuche herauszufinden, wie wir alles so falsch machen konnten.

Auf dem höchsten Punkt der nun bewegungslosen Räder erkenne ich einen in Stein gemeißelten Schrei. Die skelettartigen Kiefer der Hieroglyphe klaffen weit auf wie ein offenes Tor. Ich erinnere mich an den Namen, den Adjoa diesem Symbol gegeben hat – *Wayeb* – der gefährliche Monat der namenlosen Tage, an dem die Maya glaubten, dass die Tore zur Unterwelt geöffnet wurden. Genau das haben wir jetzt getan – wir haben die Tore zur Hölle geöffnet.

Ein plötzliches Zischen lässt mich umdrehen und ich sehe die Rote Königin direkt vor mir stehen, ihre skelettartigen Arme weit ausgebreitet. Als sie sich auf mich stürzt, um mich in eine tödliche Umarmung zu verwickeln, zerrt mich Adjoa zur Seite, und wir beide stolpern rückwärts, während Gestein herabstürzt. Ich rutsche auf den zerbrochenen Steinen aus, spüre, wie mein Knöchel umknickt und kann nicht verhindern, dass ich zu Boden falle.

Als ich den Kopf hebe, sehe ich, wie sich die Rote Königin Ibrahim zuwendet. Er steht vor den spiralförmigen Hieroglyphen, den Kopf gebeugt, während er den steinernen Schmetterling mittendrin untersucht. Er scheint sie nicht einmal zu bemerken. Er ist in Gedanken versunken, während seine Finger auf der Suche nach der Antwort zappeln und zucken.

Ich reiße meinen Mund weit auf und will eine Warnung ausstoßen, doch plötzlich sehe ich etwas auf dem Boden krabbeln. Es ist nicht viel größer als ein Reiskorn. Sein stacheliger schwarzer Körper sträubt sich, während es sich in einer wellenförmigen Bewegung vorwärts windet.

Es ist eine Raupe.

Die winzige Kreatur zieht vor meinen Augen einen perfekten Kreis im Staub. Ihr unterteilter Körper windet sich, während er sich um die eigene Achse dreht – ein seltsam faszinierender Anblick. In meinem Kopf höre ich den Moderator, der mich verhöhnt.

Schau dich genau um. Alles ist Teil des Spiels.

Das *muss* etwas bedeuten.

Meine Gedanken rasen, als ich mich daran erinnere, was Adjoa mir über die Maya erzählt hat: Wie sie glaubten, die Zeit sei ein sich endlos drehender Kreis. Ich beobachte, wie die Raupe die gleiche Form in den Staub zeichnet. Ich denke darüber nach, was ich über diese winzigen Kreaturen weiß, und zermartere mir das Hirn nach irgendwelchen Hinweisen. Wie z.B. dass die Raupe nur ein paar Wochen lang lebt. Dass sie essen und essen und essen ...

„Ibrahim!"

Ich höre Adjoas gequälten Schrei, aber mein Blick bleibt auf die kreisende Raupe gerichtet. Dann höre ich ein Flüstern in meinem Kopf, Mins Stimme, die mich daran erinnert, was als nächstes kommt.

Ich habe geträumt, ich sei ein Schmetterling.

Langsam dämmert es mir und ich blicke zu der massiven Steinwand hinauf. Die Räder aus Hieroglyphen stehen still, aber als meine Augen den spiralförmigen Formen folgen, die sie bilden, wird mir klar, dass der Kreis kein Ende hat. Das Ende ist auch der Anfang. Aus der Raupe wird ein Schmetterling ...

Meine Gedanken kristallisieren sich zu kalter, harter Gewissheit heraus. Was ich jetzt tun muss, ist plötzlich ganz klar.

Ich krabble auf meine Füße und laufe direkt auf das Zentrum der spiralförmigen Hieroglyphen zu. Ganz in der Nähe sieht Adjoa entsetzt zu, wie die Rote Königin gleich einer Knochenmarionette schwankt und sich Oscar zuwendet, während er sich in eine Ecke des Grabes verdrückt.

„Komm schon", schreit er und seine Augen glühen vor Wut. „Ich habe keine Angst vor dir und deiner blöden Armee."

Als Antwort auf sein Gebrüll höre ich wieder das Kratzen von Knochen auf Stein, als die Rote Königin und ihre Diener sich auf den Angriff vorbereiten. Das ist meine Chance – genau dieser Bruchteil einer Sekunde Ablenkung, den ich brauche, um den Schmetterlingsschlüssel zu ergreifen. Der Stein fühlt sich unter meinen Fingerspitzen warm an, die Form der Flügel spannt sich in perfekter Symmetrie, als ich den Schlüssel ein letztes Mal drehe.

Ein Klicken ertönt, dann drehen sich die steinernen Räder erneut und trudeln zur nächsten Hieroglyphe, bevor sie mit einem Zittern wieder zum Stillstand kommen. Der steinerne Schmetterling entgleitet meinen Fingern und zieht sich in die Höhle zurück, während ich überrascht zurücktaumle.

„Ami", ruft Adjoa, ihre Stimme hallt von den bebenden Wänden wider. „Was hast du getan?"

Ein goldener Schimmer breitet sich in der Mitte der Höhle aus und ich beobachte, wie er zu wachsen beginnt.

„Ich habe das Datum geändert", antworte ich, als der goldene Schimmer noch heller zu strahlen scheint. Im Inneren des sich erweiternden Lochs bewegt sich etwas. „Es war nicht der letzte Tag der langen Zählung, den wir suchten, sondern der erste Tag der nächsten. Der Kreis dreht sich weiter. Wir können die Antwort nur finden, wenn wir neu anfangen."

Der Hohlraum hat inzwischen die Größe eines kleinen Fensters erreicht und wird mit jeder Sekunde größer. Die Hieroglyphen in der Mitte der Steine beginnen zu zerbröckeln und enthüllen die goldenen Flügel unzähliger

Schmetterlinge. Diese beginnen durch das sich öffnende Tor zu strömen und ergießen sich in einem nicht enden wollenden Strom.

Die Rote Königin schreit auf, als die Schmetterlinge um sie herumschwirren, und ihre purpurnen Knochen verschwinden unter einer Flut goldener Flügel.

„Hier entlang!", rufe ich Adjoa und Oscar zu, während die Gruft weiter bebt. Ich kann Ibrahim nirgends sehen, nur die skelettierten Knochen der Diener der Roten Königin, die sich gegen den aufkommenden Sturm stemmen, während die Schmetterlinge weiter ausschwärmen.

Ich strecke den Arm vor mir aus und taste mich durch diesen goldenen Dunst aus schlagenden Flügeln. Oscar ist bereits am Tor und klettert hindurch, als Adjoa an meiner Seite erscheint.

„Wo ist Ibrahim?", rufe ich und erhebe meine Stimme über das Donnern.

„Es ist zu spät, Ami", stöhnt sie und Tränen laufen ihr über das Gesicht. „Wir müssen weg von hier."

Sie ergreift meinen Arm und zieht mich durch das Tor; die unaufhaltsame Flut von Schmetterlingen ist ungebrochen. Hinter ihren goldenen Flügeln sehe ich die Finsternis vor mir und die schwachen Umrisse von Metallstufen, die in der Dunkelheit nach unten führen.

Als Adjoa mich mit sich zieht und Oscar die Treppe hinunterstürmt, kann ich nichts anderes tun als ihnen folgen.

15

Die Metalltreppe hallt vom Geräusch unserer Schritte wider, während wir hinunterklettern. Ich kann die Umrisse von Adjoa und Oscar vor mir in der Dämmerung erkennen. Wir bewegen uns jetzt alle in einer Reihe, während die parallel auf beiden Seiten angeordneten Handläufe uns nach unten führen.

Ich habe aufgehört, Adjoa zu fragen, was mit Ibrahim in der Gruft passiert ist; ihre tränenreichen Antworten bestätigen mir nur, dass er weg ist. Genau wie Min. Dieses Spiel nimmt uns einen nach dem anderen raus.

Vor uns breitet sich ein helles Licht aus, und die Treppe wird mit jeder Stufe, die ich nehme, flacher. Ich kann jetzt sehen, dass wir eine abgewirtschaftete Rolltreppe hinuntersteigen, ihre starren Stufen sind mit Glasscherben übersät, die unter meinen Schuhen knirschen.

Es sieht aus, als würden wir eine Art Einkaufszentrum betreten. Eine riesige Uhr hängt an der anderen Seite eines hohen Atriums, dessen Helligkeit von den Oberlichtern kommt, die die Kuppeldecke bilden. Durch diese luftigen Fenster kann ich ein fernes Blau erkennen, aber da die Zeiger der Uhr auf zwölf Minuten nach acht stehen, kann ich nicht wirklich sagen, ob es vormittags oder nachmittags ist.

Oscar ist der erste, der die letzte Stufe erreicht, seine Schritte führen ihn durch die leere Halle. Ich schaue mich um und treffe Adjoa. Uns offenbart sich ein Anblick völliger Zerstörung. Auf dem weitläufigen Gelände türmen sich Trümmer: zerschmettertes Glas und herausgerissene Regale, zertrümmerte Vitrinen und zerbrochene Blumentöpfe. In der Mitte des Atriums steht ein leerer Brunnen, jetzt mit Staub gefüllt, während verdorrte Pflanzen überall Spuren in Form toter Blätter über die Fliesen verstreut haben.

Es sieht so aus, als sei dieser Ort seit Jahren verlassen.

Oscar schreitet immer noch voran, seine hallenden Schritte führen ihn an einem verwaisten Kundendienstschalter vorbei.

„Wohin gehst du?“, rufe ich ihm hinterher. „Wir müssen zusammenbleiben, besonders jetzt.“

Oscar bleibt stehen und dreht sich, mit einem Blick der Verachtung, zu mir um.

„Warum?“, schreit er, und sein Gebrüll lässt einen Schwarm wilder Tauben von ihren versteckten Stangen auffliegen. Während sie mit ihren schiefergrauen, bronzefarben gesprenkelten Flügeln zu den Dachfenstern aufsteigen, schaut Oscar mich an. „Warum müssen wir zusammenhalten? Das hat uns doch bisher nichts genützt, oder? Sieh dich doch mal um, Ami. Wir sind nicht die ‹Fünf wissen mehr› oder die ‹Fantastischen Vier›. Es gibt nur noch uns drei. Wir sind kein Team, Punkt – wir sind Konkurrenten. Und ich werde dafür sorgen, dass ich die Antwort zuerst finde.“

Oscar dreht sich um und brüllt noch einen letzten Kommentar über seine Schulter. „Und denkt nicht einmal daran, mir zu folgen.“

Sprachlos stehe ich da und sehe ihm nach. Der Weg, den er zwischen den Stapeln zerbrochener Gegenstände nimmt, führt zu einer Ladenpassage. Dort drüben, abseits der Oberlichter des Atriums, ist es dunkler, aber ich kann gerade noch die verschlossenen Schaufenster erkennen.

„Lass ihn doch“, meint Adjoa und geht stattdessen zum Kundendienst. „Wir brauchen ihn auch nicht.“

Ich schaue mich in dem verlassenen Einkaufszentrum um, wo sich links und rechts weitere Galerien mit Geschäften verzweigen. Auch diese verblassten Arkaden sind in Dunkelheit getaucht, und als ich die Augen gegen die Schatten zusammenkneife, läuft mir ein Schauer über den Rücken. Dieser Ort sollte mit Licht und Leben erfüllt sein. Ich habe keine Angst vor der Dunkelheit, aber ich frage mich dennoch, was sie verbirgt. Es ist die Angst vor dem Unbekannten.

„Ami!“ Adjoas aufgeregter Schrei lässt mich umdrehen. Sie steht am Kundenschalter und hält ein zerknittertes Stück Papier hoch. „Komm und sieh, was ich gefunden habe.“

Ich eile herbei, nehme ihr den Zettel ab und lese verwirrt die Worte, die darauf stehen.

GOLDEN
FROZEN
JUMPER
HUNTER
EX IT

Ich schaue zu Adjoa auf und sehe ein freudiges Funkeln in ihren Augen.

„Was ist das?“, frage ich und versuche zu verstehen, warum sie so aufgeregt ist. Diese englischen Wörter ergeben überhaupt keinen Sinn.

„Ist das nicht offensichtlich?“, Adjoa grinst. „Es ist eine Einkaufsliste.“

Ich schaue mir die Liste noch einmal an und überdenke jedes Wort: golden, frozen, jumper, hunter, exit. Ich schüttele den Kopf. Wenn das eine Einkaufsliste ist, weiß ich nicht, was wir kaufen sollen. Als Adjoa mein Stirnrunzeln sieht, fängt sie an zu erklären.

„Denk daran, was der Moderator gesagt hat“, beginnt sie, während die Spitzen ihrer neongrünen Turnschuhe einen unruhigen Rhythmus auf den Boden klopfen. „Alles ist Teil des Spiels. Diese Liste wurde hier hinterlassen und wartet auf uns. Das muss eine Schnitzeljagd sein.“

„Eine Schnitzeljagd?“

„Eines dieser Spiele, bei denen man eine Liste mit Dingen bekommt, die man finden muss. Manche Leute nennen es Schatzsuche, aber es gewinnt immer derjenige, der als erster alle Dinge auf der Liste hat. So etwas muss das hier auch sein – eine Liste der Dinge, die wir brauchen, um die Antwort zu finden.“

Sie nimmt die Liste an sich und wendet sich wieder dem Kundenschalter zu. Die vordere Kante neigt sich zu uns und zeigt ein Verzeichnis der Geschäfte und eine Karte des Einkaufszentrums. Ich erkenne darauf die Arkaden, die von diesem zentralen Atrium in drei Richtungen abzweigen, die Galerien der Geschäfte sind rot markiert, grün und blau.

„Das ist unsere Chance, Ami“, freut sich Adjoa, während sie die farbcodierte Karte begutachtet. „Wenn wir Oscar schlagen und die Antwort zuerst finden wollen, müssen wir nur diesem Plan folgen.“

Ich werfe einen Blick auf das Ladenverzeichnis. Ich hätte nicht gedacht, dass unsere Mission zur Rettung der Welt mit einem Einkaufsbummel enden würde, aber was Adjoa vorschlägt, macht irgendwie Sinn. Seit wir The Escape spielen, haben wir versucht, die Antwort zu finden, aber niemand hat angedeutet, es sei nur ein Ding. Vielleicht verrät uns diese Liste die Zutaten, die wir benötigen, um die Antwort zu *erschaffen*. Hat sie recht, bedeutet das, wir haben einen Vorsprung gegenüber Oscar.

„Wo gehen wir zuerst hin?", frage ich und fahre mit dem Finger über die Liste der Geschäfte, die nach Kategorien geordnet sind. „Kosmetik und Düfte? Bücher, Karten und Schreibwaren? Elektronik? Unterhaltung? Mode?"

Adjoa schüttelt den Kopf und deutet stattdessen auf eine Überschrift in der Mitte der Liste.

„Schmuck", antwortet sie zuversichtlich lächelnd. „Auf der Liste steht, wir sollen in erster Linie nach Gold suchen, also werden wir dort bestimmt etwas finden. Einen goldenen Ring oder eine Halskette vielleicht – irgendetwas in der Art."

Ihr Finger zeigt auf den Standort des Ladens auf der Karte, der sich in der Mitte der linken Galerie befindet.

„Danach sehen wir uns in einem Lebensmittelladen um, um uns etwas Gefrorenes zu besorgen", fährt sie fort und zeichnet den Weg vor, den wir einschlagen werden, „bevor wir zur Mode gehen, um uns einen Jumper, also einen Pullover, zu kaufen." Adjoa blickt auf und grinst mich an. „Wir werden dieses Spiel mit Stil beenden."

Ich versuche, ein Lächeln zu erzwingen, aber irgendetwas beunruhigt mich immer noch.

„Was ist mit den anderen Dingen?", frage ich und strecke die Hand aus, um Adjoa die Liste wieder abzunehmen. „Wo sollen wir einen Hunter finden?"

„Wir brauchen keinen Jäger zu finden", antwortet sie. „Wir *sind* die Jäger und wenn wir die Dinge auf der Liste haben, finden wir auch die Antwort. Das ist alles, was wir brauchen, um das Spiel zu beenden und von diesem Ort zu verschwinden. Das ist es, was ‹EXIT› bedeutet – das Ende ist in Sicht, Ami."

Ich sehe auf und begegne dem Blick meiner Freundin. Obwohl sie lächelt, wirken Adjoas Augen ausgehöhlt, die Tränen, die sie zuvor geweint hat, haben dunkle Ringe hinterlassen.

Ich denke an Ibrahim und Min und an alles, was wir bisher gesehen haben. Der brennende Dachboden und die staubige Bibliothek, die verfluchte Gruft und jetzt dieses verlassene Einkaufszentrum. Und während ich nachdenke, kann ich es nicht lassen, die Frage laut zu stellen.

„Glaubst du immer noch, dass es ein Spiel ist?"

Adjoa beißt sich auf die Lippe, fast so, als hätte sie Angst, zu antworten.

„Es muss eines sein", meint sie schließlich. „Und wir müssen dafür sorgen, dass wir es gewinnen."

Adjoa dreht sich um und geht in die dunkle Arkade, wobei sie denselben Weg einschlägt, den ihr Finger gezeichnet hat. Sie blickt über ihre Schulter zurück und winkt mich zu sich. „Komm schon, Ami."

16

„Was glaubst du, was hier passiert ist?“, frage ich und schaue in die sich verändernden Schatten, während wir die dunkle Arkade entlang gehen. Zerbrochenes Glas knirscht unter unseren Füßen, als wir an den verriegelten Schaufenstern vorbeikommen, deren leere Fassaden verbeult und zerrissen sind. Wir haben keine Taschenlampe, um unseren Weg zu erhellen, und müssen uns stattdessen auf die Lichtstrahlen verlassen, die von den rissigen Deckenplatten fallen. Diese schwachen Lichtflecken treffen auf Pfützen und Trümmerhaufen, die diesen Ort anstelle von Menschen bevölkern. „Wo sind denn alle?“

„Ich weiß es nicht“, antwortet Adjoa, ihre Stimme ist in der Dunkelheit ganz nah bei mir.

„Aber wenigstens müssen wir uns keine Gedanken über Warteschlangen beim Ausverkauf machen.“

Ich erschaudere beim Anblick einer kopflosen Schaufensterpuppe im Staub, die mich an die Knochenhaufen in der Gruft der Roten Königin erinnert. Um die Schaufensterpuppe herum liegen Schilder mit der Aufschrift REDUZIERT, die stolz verkünden, dass ALLES RAUS MUSS. Doch die Stille, die das Einkaufszentrum erfüllt, zeigt wohl, dass alles schon weg ist.

Alles ist verschwunden.

Eine Welle der Traurigkeit überrollt mich. Papa versprach, das Spiel wäre das perfekte Geschenk, aber alles, was ich in The Escape gefunden habe, ist sinnlose Zerstörung. Wollte er das wirklich für mich? Das Einzige, woran ich mich jetzt noch klammere, ist die Hoffnung, die Antwort könnte einen Sinn für alles ergeben. Wenn wir sie finden ...

„Ich glaube, das ist es“, unterbricht Adjoa meine Gedanken mit einem Zupfen an meinem Arm.

Sie hält vor einem weiteren gesichtslosen Geschäft an, dessen Name über den Fensterläden bis auf die letzten Buchstaben entfernt wurde.

ELLERS

Wie alle anderen Geschäfte, an denen wir vorbeigekommen sind, liegt auch dieser Juwelier im Dunkeln. Die vergitterten Metallrollläden vor dem Laden sind heruntergezogen, aber es sieht aus, als hätte jemand mit einer Axt zugeschlagen. Ein riesiges, gezacktes Loch ist in das Metall gerissen worden, dessen scharfe Kanten sich nach außen wölben und den Weg nach innen weisen.

„Folge mir."

Adjoa übernimmt die Führung, tritt durch Glasscherben und zwängt sich durch den Spalt in den Rollläden.

„Bist du sicher, dass wir das tun sollten?", zweifle ich, während ich ihr folge und ein nervöses Gefühl an meinem Inneren nagt.

Adjoa antwortet nicht sofort; ihre Turnschuhe knirschen durch zerbrochenes Glas, als ihre Silhouette plötzlich von einem seltsamen blauen Licht umrandet wird. „Sieh dir das an."

Irgendwie ist es im Inneren des Ladens heller, weil ein leuchtender Strahl vom Boden aufzusteigen scheint. Ich schaue mich um, und mein Gehirn hat Mühe, sich einen Reim auf das Gesehene zu machen. Es ist, als würde ich auf eine Unterwasserszene blicken, das zerbrochene Glas, das den Boden bedeckt, schimmert in einem irisierenden Licht. Es sieht aus wie ein Meer von leuchtenden, blaugrün schimmernden Dingen. Zuerst denke ich, es sind die glitzernden Formen von Fischen, aber dann wird mir klar, es sind Uhren, deren leuchtende Gesichter und tickende Hände, in der Dunkelheit glitzern.

Als sich meine Augen daran gewöhnen, erkenne ich die zertrümmerten Vitrinen, die zerbrochenen Glasschränke, deren Inhalt auf dem Boden verstreut liegt. Zwischen den leuchtenden Zifferblättern der Uhren funkeln die silbernen Spuren von Ohrringen und Halsketten wie Schätze auf dem Meeresgrund.

„Ich hätte nicht gedacht, es würde so einfach sein", sagt Adjoa und geht in die Hocke, um die verstreuten Schmuckstücke zu durchsuchen. „Hier muss es doch etwas Goldenes geben."

Gerade als ich mich auch auf die Suche machen will, höre ich ein Geräusch, – weich gepolsterte Schritte – die aus dem hinteren Teil des Ladens zu kommen scheinen. Ich drehe mich um und erwarte eigentlich Oscar, der der Antwort auf der Spur ist, aber dann sehe ich ihn.

Gebaut wie ein Bär und genauso groß schreitet er auf vier kräftigen Beinen vorwärts. Sein goldenes Fell glänzt im flackernden Halbdunkel, als er auf mich zukommt. Ich halte den Atem an und kann nicht glauben, was vor mir steht, als ich in die Augen der größten Katze starre, die ich je gesehen habe. Auch diese leuchten golden, aber es sind die zwei langen, scharfen Zähne, die sich von ihrem Oberkiefer herabwinden, die mein Herz vor Angst klopfen lassen.

Es ist ein Säbelzahntiger.

„Die ist ja hübsch“, freut sich Adjoa und hält eine glitzernde Halskette hoch. „Aber ich glaube, sie ist aus Platin, nicht aus Gold.“

Sie hat ihn noch nicht gesehen, ihr Blick ist immer noch auf die auf dem Boden verstreuten Schmuckstücke gerichtet.

Ich möchte aufschreien – um Adjoa zu warnen, was gerade passiert – aber die Worte bleiben mir im Hals stecken, als der Tiger sein Maul weit aufreißt. Wir sind hierher gekommen, um etwas Goldenes zu finden, aber ich glaube, es hat stattdessen uns gefunden.

Und dann stürzt sich der Säbelzahntiger mit einem kehligen Brüllen nach vorne.

Die Zeit scheint sich zu verlangsamen, während ich mich nach hinten werfe und mein Blick sich mit Zähnen und Klauen füllt. Seine Klingen zerfetzen die Luft, die ich gerade noch geatmet habe, als der Tiger mit einem frustrierten Knurren landet und seine mächtigen Krallen die Glasscherben zu Staub zermahlen.

„Was zum ...“

Adjoa dreht sich um, die Augen vor Angst weit aufgerissen, als sie das ausgestorbene Tier sieht, das sich nur wenige Meter entfernt in den Boden krallt. Ich fasse nach ihr und rase zum Ausgang, während der Säbelzahntiger uns an den Fersen hängt. Als wir uns durch den Spalt in den Rollläden zwängen, knirscht das Metall, als die riesige Kreatur mit seinem Körper gegen die Latten knallt.

Ich drehe mich um und halte mich an den gezackten Metallkanten fest, während ich versuche, sie zu schließen, um die Kreatur am Durchkommen zu hindern. Die Rollläden wackeln, als der Säbelzahn erneut gegen sie stößt; das Metall ächzt, als würde das ganze Ding herunterfallen.

„Was ist das für ein Ding?“, Adjoa keucht, ihre Stimme klingt verzweifelt in meinem Ohr.

Ich beiße die Zähne gegen den Schmerz zusammen und drücke die scharfen Kanten zusammen; die Rollläden wackeln erneut mit einem grässlichen Knarzen, als die Bestie an dem sich schließenden Spalt wütet. Es ist unmöglich zu wissen, wie lange das ihn aufhalten wird, aber genauso unmöglich ist es zu glauben, dass er überhaupt hier ist. Der Säbelzahntiger ist vor Tausenden von Jahren ausgestorben.

Wir müssen von hier verschwinden. Ich drehe mich um und starre in die Schatten, während ich versuche, mich an den Rückweg zu erinnern. Die dunklen Arkaden haben sich verändert, massige Gestalten eingefrorener Statuen ragen wie ‚frozen‘ aus der Düsternis heraus. Die größte gleicht einem Elefanten, ihre schattenhafte Masse berührt praktisch die Decke, während sie den Weg vor mir versperrt.

Adjoa schreit auf, als der Säbelzahntiger seinen Körper erneut gegen die Rollläden knallt. Das Metall rüttelt und löst die Ziegel von der Decke. Während sie fallen, erhellen neue Lichtstrahlen die Szene und beleuchten den riesigen Schatten direkt vor uns.

Was ich für eine Statue hielt, ist in Wirklichkeit ein Tier, eine kolossale Gestalt bedeckt mit einem Mantel aus dichtem rötlich-braunem Haar. Es steht auf Beinen, so dick wie Baumstämme, und auf seinem breiten, abfallenden Rücken erhebt sich eine spitze Kuppel. Ich höre das Rascheln seines groben Haars, als sich sein massiger Kopf zu mir dreht, und dann sehe ich seine langen, gebogenen Stoßzähne, deren Form sich im Halbdunkel wie zwei Fragezeichen abzeichnet.

Ich blinzle – nicht nur mit den Augen, sondern auch mit dem Gehirn – unfähig zu verarbeiten, was ich direkt vor mir sehe. Und dann erhebt das Tier seinen Rüssel und stößt einen trompetenden Ruf aus, der das ganze Einkaufszentrum erschüttert.

Es ist ein Wollmammut.

17

Wie versteinert stehe ich da und starre auf eine Kreatur, die nicht existieren sollte.

Seine Stoßzähne biegen sich mir entgegen, ihre Länge beträgt vielleicht drei Meter oder mehr. Kleine wollige Ohren flankieren die Seiten seines seltsam gewölbten Kopfes, seine dunklen Augen bohren sich direkt in meine. Hinter uns klappern die Metallrollläden wieder heftig, gemeinsam mit dem wütenden Knurren des Säbelzahntigers, der immer noch dort gefangen ist.

Der Rüssel des Mammuts fliegt in die Luft, einen weiteren Sirenenton als Warnung ausstoßend. Ich sehe, wie sich andere Schatten hinter ihm in der Dunkelheit zu bewegen beginnen, direkt in unsere Richtung.

„Lauf!," schreit Adjoa und hält mich am Arm fest, als das Mammut zum Sturmangriff ansetzt. Der Boden bebt, als wir Schutz in einem Süßwarenstand suchen. An diesem bonbonfarbenen Stand stapeln sich herausgerissene Sitze. Wir kauern uns ängstlich dahinter, als über dem Donnergrollen ein ohrenbetäubender Chor von Trompetenrufen zu hören ist.

Mit offenem Mund beobachte ich, wie die schattenhafte Herde von Wollmammuts an unserem Versteck mit wild hin- und herschleudernden Rüsseln vorbeirauscht. Panisch taumelnd knallt eines der wilden Tiere gegen die verdunkelte Fassade des Juweliergeschäfts, wobei seine krummen Stoßzähne die Rollläden wegreißen.

Während das Mammut schwankt, höre ich das triumphale Brüllen des nun befreiten Säbelzahntigers. Langsam klingt das Geräusch des Massenansturms ab, aber als das Mammut sich kopfschüttelnd wieder vorwärts bewegt, beobachte ich einen goldenen Schatten, der sich langsam anschleicht.

„Was machen wir jetzt?", flüstert Adjoa, dicht an mich geschmiegt, während wir uns hinter unserem behelfsmäßigen Versteck verkriechen.

Mit meinem Finger an den Lippen gebe ich ihr mit dieser stummen Geste zu verstehen, dass sie mir folgen soll, während ich mich in die gegenüberliegende Richtung schleiche. Aus der Ferne höre ich das Trompeten der Mammuts und hoffe, dass der Säbelzahntiger immer noch auf ihrer Spur ist und nicht auf unserer.

Der breite Gang, der durch die Ladenpassage führt, liegt immer noch im Dunkeln, aber als ich zwischen die Schatten hindurchtrete, glaube ich, in der Dunkelheit weitere Umrisse zu erkennen. Es ist unmöglich, irgendwelche Details zu erkennen, die schwachen Lichtstrahlen, die an einigen Stellen schimmern, erhellen nur die Silhouetten. Aber diese pechschwarzen Schatten bewegen sich und die massigen Umrisse von Tieren tauchen aus der Dunkelheit auf. Ich kann Bären und Bisons wahrnehmen, riesige Hirsche mit Geweihen, so groß, dass sie die gesamte Galerie zu überspannen scheinen. Ich glaube, ich sehe etwas, das einem Nashorn gleicht, aber mit einem dichten, zotteligen Fell bedeckt ist. Und es gibt noch seltsamere Tiere, die ich nicht kenne, mit ausladenden Hörnern und riesigen, furchterregenden Schnäbeln.

Ich erstarre. Es gibt keinen Weg durch diese schattenhafte Menagerie und, als ich die donnernden Schritte der Mammuts hinter uns höre, auch keinen Weg zurück. Ich schaue mich um, suche nach einer Hintertür.

Die meisten Läden liegen im Dunkeln, die Rollläden sind wegen des Sturms heruntergelassen, aber dann fällt mir ein schwacher Lichtschein aus einer der Schaufensterfronten auf. Im Gegensatz zu den anderen Geschäften gibt es hier keine Rollläden. Die Fassade dieses Ladens ist stattdessen mit Plakaten verkleidet. Im Halbdunkel kann ich gerade noch die Worte „RENOVIERUNGS-ARBEITEN IM GANGE“ lesen.

Das Licht kommt aus einem Riss in einem Schuppen, ein Silbersplitter zeigt den Weg hinein. Oder vielleicht ist es ein Weg nach draußen?

„Hier entlang“, flüstere ich und ziehe an Adjoas Arm.

So leise wir können, eilen wir zu dem mit Brettern vernagelten Laden. Ich reiße die kaputte Verkleidung auf und halte sie für Adjoa offen, damit sie hindurchklettern kann. Mit einem ängstlichen Blick über die Schulter vergewissere ich mich, dass uns keines der Schattenwesen entdeckt hat, und folge ihr schnell. Das schwere Brett lasse ich einfach zurückschwingen.

Im Inneren des Ladens ist es noch heller. Ich blinzle, als meine Augen einen Moment brauchen, um sich an das Licht zu gewöhnen. Es kommt von einer Sicherheitslampe in der Nähe des Eingangs und deren Lichtkegel ist in vollem Umfang auf das Innere des Ladens gerichtet. Ich erkenne dort leere Regale und Kleiderstangen, die in Reihen auf dem gefliesten Boden angeordnet sind. Die Hälfte davon scheinen reif für den Abriss zu sein, die vergilbten Regale haben Risse und sind kaputt. Andere sehen nagelneu aus und sind in durchsichtige Plastikfolie eingeschweißt. An einigen Stellen hängen Stromkabel von der Decke, deren nackte Drähte sich wie verdorrte Ranken ineinander winden.

„Was machen wir jetzt?“, fragt Adjoa mit leiser Stimme, als wir weiter in den Laden hineingehen. „Diese Dinger da draußen ...“

Ihre Worte verstummen, als wir aus dem ersten Regalgang huschende Schritte vernehmen. Adjoas Hand greift nach meiner, ihre Fingernägel graben sich in meine Haut. In meinem Kopf sehe ich den goldenen Säbelzahn, dessen Zähne und Krallen direkt auf mich zurasen.

Erneut ertönt das Geräusch; sein hicksender Rhythmus lässt mein Herz höher schlagen. Ich warte darauf, dass sich die Kreatur zu erkennen gibt, während Adjoa ängstlich jammert. Dann hört das Huschen auf und ich sehe ein winziges pelziges Gesicht am Ende des Regals herauslugen.

Ich kann mir ein Lachen nicht verkneifen, als das Geschöpf um die Ecke hüpft und sich meine schlimmsten Befürchtungen vor meinen Augen auflösen.

Es ist ein Känguru-Baby.

Adjoas Hand abschüttelnd gehe ich in die Hocke, als das Jungtier auf wuselnden Pfoten auf mich zu hüpft. Sein aschbraunes Fell geht am Ende des Schwanzes in Grau über, während das Fell am Bauch eine weiche, sandfarbene Farbe hat. Aufrecht stehend reicht das Babykänguru nur bis zur Hälfte meines Unterschenkels, aber ein Blick in seine Augen, die wie schwarze Perlen glänzen, gibt mir das Gefühl, dass es mich beurteilt.

„Hey", sage ich mit sanfter Stimme, um es nicht zu erschrecken.

Das Känguru-Baby piepst als Antwort. Dann hüpft es auf meinen Schoß und schmiegt sich in meine Armbeuge.

„Du solltest es nicht aufheben", fordert mich Adjoa mit einem warnenden Ton in der Stimme auf. „Es ist ein wildes Tier."

„Schhhhhh." Ich streichle das junge Känguru mit meiner freien Hand und spüre die Wärme seines weichen, seidigen Fells. „Du wirst es erschrecken."

Das Känguru blickt neugierig zu mir auf. Es hat einen markanten schwarzen Fleck im Gesicht, der in einem V von der Nase bis zu den Augen reicht, während das hellere Fell darunter blassgelb ist.

„Wo kommst du denn her?", will ich wissen.

„Ich mache mir mehr Sorgen um die anderen", antwortet Adjoa und wirft einen Blick zurück zu den Plakatwänden. „Wir müssen trotzdem von hier verschwinden, Ami."

Ich nicke und runzle die Stirn, als meine Hand an einem seltsamen Stück Stoff am Rücken des Kängurus hängen bleibt.

„Was ist das?"

Es sieht aus wie ein Etikett. Das Känguru zappelt bei meinem Versuch, es genauer zu betrachten.

„Bleib ruhig", flüstere ich und versuche das strampelnde Tier zu beruhigen, während meine Finger vorsichtig das Etikett untersuchen, das in sein Fell genäht zu sein scheint. Und es klappt tatsächlich, denn das junge Känguru spitzt neugierig die Ohren, als ich beginne, die Schrift auf dem Etikett vorzulesen.

Das Östliche Irmawallaby war Ureinwohner Australiens. Das eleganteste, anmutigste und flinkste Mitglied der Känguru-Familie. Es wurde vom Menschen bis zur Ausrottung gejagt. Das letzte Östliche Irmawallaby lebte zwölf Jahre lang in Gefangenschaft und starb 1939 …"

Meine Stimme verstummt, als das Wallaby mit leuchtenden Augen zu mir aufschaut. Ich kann nicht glauben, dass jemand etwas so Schönes verletzen will. Das Wallaby schmiegt sich an meine Haut und gibt ein leises Piepsen von sich, als wollte es mir etwas sagen.

„Ist schon gut", murmle ich und streichle noch immer sein aschbraunes Fell. Ich kann die Wärme seines Körpers an meinem spüren. Es fühlt sich so lebendig an, aber dieses Etikett, das in sein Fell genäht ist, lässt es wie ein Spielzeug erscheinen. „Ich werde dich beschützen, Walli.

Das Wallaby piepst wieder, der Name scheint ihm zu gefallen.

„Gut", bekräftige ich. „Ich nenne dich jetzt Walli."

Ich lächle, als ich zu Adjoa aufschaue, aber die Stirn meiner Freundin ist immer noch gekräuselt.

„Was ist denn los?", frage ich sie. „Findest du nicht auch, dass es wie eine Walli aussieht?"

„Es geht nicht um den Namen, Ami“, antwortet Adjoa, deren Sommersprossen aus den Sorgenfalten blitzen. „Es ist die Tatsache, dass sie überhaupt hier ist.“

„Was meinst du?“

„Denk an alles, was wir gesehen haben, seit wir in diesem Einkaufszentrum angekommen sind“, erklärt Adjoa, und ihre besorgten Worte bahnen sich ihren Weg in mein Gehirn. „Der Säbelzahntiger, die Wollmammuts, all diese eigentlich utopischen Kreaturen draußen. Sogar dieses kleine Känguru …“

„Es ist ein Wallaby“, werfe ich ein und kuschle das Tier immer noch an mich.

„Das hat hier nichts zu suchen, Ami!“, schnauzt Adjoa, und der scharfe Klang ihrer Stimme lässt Walli in meinem Schoß zusammenzucken. „Keines dieser Tiere sollte hier sein. Sie sind alle vor Jahren ausgestorben.“

Immer noch hockend, winde ich mich vor Unbehagen, während mein Gehirn ein Wort nach dem anderen auf der Liste abhakt.

GOLDEN
FROZEN
JUMPER

Ein plötzliches Klappern veranlasst mich, mich in Richtung des mit Brettern vernagelten Eingangs umzudrehen, wobei sich Walli unter meinen Armen verkriecht.

Adjoa wirbelt herum und hebt eine Metallstange auf. Sie hält sie wie eine Waffe in der Hand, bereit, uns zu verteidigen, während wir beobachten, wie sich etwas durch die kaputte Plakatwand schiebt.

Die Sicherheitslampe ist direkt auf uns gerichtet; der grelle Lichtstrahl erschwert das Sehen. Doch als eine schemenhafte Gestalt nach vorne ins Licht taumelt, erkenne ich – es ist Oscar.

Sein schwarzes Oberteil mit Reißverschluss sieht zerfetzt aus, und seine Jogginghose ist an den Knien zerrissen. Schwer atmend starrt uns Oscar mit einem wilden Blick an.

„Da draußen gibt es Monster“, keucht er hektisch. „Ich wurde angegriffen. Ich dachte, ich würde sterben.“

Oscar sinkt auf die Knie und ich sehe zum ersten Mal die Gestalt, die direkt hinter ihm steht.

„Er hat mich gerettet.“

18

Die kleine, stämmige Gestalt tritt nach vorne ins Licht.

Er sieht aus wie ein Höhlenmensch. Seine nackte Brust und seine Arme sind mit dichtem schwarzem Haar bedeckt, und um seine Taille ist ein schmutziges Etwas gewickelt, das wie ein Tierfell aussieht. Er blickt zu Oscar, als wolle er sich vergewissern, dass er in Sicherheit ist, und setzt sich dann ebenfalls in die Hocke.

„Ich glaube es nicht", haucht Adjoa und lässt die Stange, die sie in der Hand hält, aus ihren Fingern gleiten. „Er ist ein Neandertaler."

Ich starre den Mann an. Sein breitnasiges Gesicht ist umrahmt von dichtem, verfilztem Haar und Schlieren, die an getrocknetes Blut erinnern, ziehen sich über seine Wangen.

Unter den hervorstehenden, buschigen Brauen starren mich die dunklen Augen des Neandertalers an.

Im Stillen hake ich das nächste Wort auf der Liste ab: *HUNTER*.

„Er hat mich hierher gebracht", erklärt Oscar und schiebt sich nach vorne, während Adjoa ebenfalls in die Hocke geht, sodass wir vier nun in einem lockeren Kreis kauern. „Ich glaube, er kann uns helfen."

Walli zappelt in meinem Schoß, während ich ungläubig den Kopf schüttle. Ich weiß nicht, was Oscar meint. Wir sind hierher gekommen, um die Antwort zu suchen, nicht die Verlorene Welt. Wie kann uns dieser Höhlenmensch jetzt helfen? Dies ist nicht seine Zeit. Dies ist nicht sein Ort.

„Einen Versuch ist es wert", stimmt Adjoa zu, und der Klang ihrer Stimme in meinem Ohr überrascht mich. „Zeig ihm die Liste, Ami."

Ich knöpfe meine Jacke zu, um Walli darin zu schützen, ziehe den Zettel aus der Tasche und halte ihn dem Höhlenmenschen entgegen, wobei meine Hand leicht zittert.

„Wir suchen den Ausgang", sage ich, wobei mein Daumen über das letzte Wort wischt. „Den Exit."

Ich blicke in die Augen des Neandertalers, zwischen unseren Köpfen liegen Zehntausende von Jahren.

„Kannst du uns helfen?" Der Neandertaler starrt mich ausdruckslos an. In der Dunkelheit seiner Augen kann ich nur mein eigenes Spiegelbild erkennen. Er hat keine Ahnung, was ich meine. Er kann uns nicht helfen. Niemand kann das.

Doch dann nimmt er mir den Zettel aus der Hand. Er stopft ihn in seinen Pelz und steht langsam auf. Mit einer Geste fordert er uns auf, ihm zu folgen, während er zielstrebig auf die mit Brettern vernagelte Ladenfront zusteuert.

„Ich habe es dir gesagt“, triumphiert Oscar und steht ebenfalls auf. „Komm schon.“

Der Höhlenmensch schiebt die kaputte Plakatwand zurück und späht durch den Spalt, wobei sich seine stämmige Gestalt von der Dunkelheit draußen abhebt. Dann wirft er einen Blick über die Schulter und gibt uns ein Zeichen, wir sollen uns beeilen. Eingekuschelt in meine Jacke spüre ich die Wärme von Wallis Atem, die sich an meinen Hals schmiegt, während ich Oscar schnell durch den Spalt folge. Adjoa und der Neandertaler sind mir dicht auf den Fersen, als wir vier in der Dunkelheit der Arkaden eintauchen.

Meine Gedanken rasen, während ich in die sich verändernden Schatten blicke und die seltsamen Geräusche unbekannter Bestien höre, die in der Dunkelheit widerhallen. Der Neandertaler starrt auch in die Finsternis. Die Schatten auf seinem markanten Gesicht können den ruhelosen Ausdruck in seinen Augen nicht verbergen. Mit einer stummen Geste winkt er uns, ihm zu folgen, wobei wir uns dicht an den verschlossenen Schaufenstern entlangbewegen.

„Glaubst du, er weiß, wohin wir gehen?“, fragt Adjoa, ihre Stimme kaum mehr als ein Flüstern dicht hinter mir.

Ich schüttle den Kopf. „Ich weiß es nicht.“

Doch dann bleibt der Neandertaler plötzlich vor einer anderen Ladenruine stehen. Zu seinen Füßen liegt ein umgefallenes Schild, dessen Umriss wie ein angebissener Apfel aussieht. Die Rollläden sind heruntergezogen, aber als der Höhlenmensch an einer Ecke drückt, bemerke ich eine Lücke.

Eilig bahnt sich der Neandertaler den Weg nach drinnen, hält dabei den kaputten Rollladen auf und gibt den anderen ein Zeichen, ihm zu folgen. Oscar ist der Erste. Ich lege meinen Arm beschützend um Walli, während ich mich hinter ihm hineinzwänge. Ich werfe einen Blick über meine Schulter zurück und sehe Adjoa zwei Schritte hinter mir. Doch dann bemerke ich, wie sich ein goldenes Etwas aus Zähnen und Klauen in ihren Körper bohrt – das Knurren höre ich Sekunden zu spät.

„Nein!“

Mit einem ekelhaften Knirschen dreht der Säbelzahntiger seinen Kopf und ich sehe, wie Adjoa leblos aus seinem Maul hängt.

„Oh nein, oh nein, oh nein...“

Ich kann ein Schluchzen nicht unterdrücken, als der Neandertaler den Rolladen zurückschiebt, um das Grauen auszusperren. Oscar zieht mich weg, während ich verzweifelt aufheule. Die Szene, in der Adjoa aus dem Leben gerissen wird, spielt sich in meinem Kopf immer und immer wieder ab.

„Sie ist weg, Ami", haucht Oscar mit verzweifelter Stimme in mein Ohr. „Bitte sei still, sonst sind wir die Nächsten."

In meiner Jacke piepst Walli und ich vergrabe mein Gesicht in ihrem Fell.

Min, Ibrahim und jetzt Adjoa. Alle weg. Dieses Spiel wird unser aller Ende sein.

Ich spüre eine Hand auf meiner Schulter und erblicke den Neandertaler, der mich anschaut. In seinen Augen liegt eine Traurigkeit, als würde er meinen Schmerz kennen. Er hält mir den zerknitterten Zettel hin und ich nehme ihn an mich.

Ich werfe einen Blick auf die Liste, jedes Wort erinnert mich daran, was schief gelaufen ist, aber als ich das letzte betrachte, stelle ich fest, es hat sich verändert. Die Buchstaben sind verschmiert, die schwarzen, fleckigen Markierungen ergeben jetzt ein völlig neues Wort.

EXTINCT

... was so viel bedeutet wie Ausrottung.

Ich sehe auf und begegne dem Blick des Neandertalers. Dieser uralte Mensch lebte zuletzt vor vierzigtausend Jahren auf der Erde, bevor er ausgerottet wurde. Manche glauben, es war der Homo sapiens – der *weise Mensch*, der moderne Mensch – der die Neandertaler ausgerottet hat, genau wie den Rest der Tiere, die wir an diesem Ort gesehen haben. Aber ich kann in Ausrottung keine Weisheit erkennen …

Der Neandertaler wendet sich ab und geht in Richtung der hinteren Wand des Ladens. Ich schaue mich um und erkenne, wir befinden uns in einer Art Technikgeschäft. Auf langen Tischen aus Ahornholz liegen in gleichmäßigen Reihen Smartphones, Tablets und PCs, jedes der Geräte mit einer grauen Staubschicht bedeckt. Doch der Neandertaler ignoriert all diese Geräte und stellt sich stattdessen vor einen großen schwarzen, rechteckigen Bildschirm, der in der Mitte der Wand angebracht ist.

Er sieht aus wie ein schwarzer Spiegel, etwa zwei Meter hoch und halb so breit. Ich kann mein eigenes Spiegelbild sehen, als ich mich zu dem Höhlenmenschen geselle. Oscar blickt ängstlich über seine Schulter, während er auf seiner anderen Seite steht.

Wir haben ihn gebeten, für uns den Ausgang zu suchen, aber das ist einfach eine Sackgasse.

Dann streckt der Neandertaler die Hand aus, um den Bildschirm zu berühren. Seine Hand bewegt sich zielstrebig. Als er sie nach unten zieht, folgt eine dicke rote Linie seinen Fingern, als würde er auf dem Bildschirm malen. Fassungslos beobachte ich, wie er eine zweite vertikale Linie zieht, parallel zur ersten. Der Neandertaler beginnt nun, horizontale Linien zu ziehen, um diese mit den vertikalen zu verbinden, wobei die dicken roten Markierungen wie die Sprossen einer Leiter nach unten verlaufen.

Er macht Kunst.

Der Bildschirm gleicht nicht mehr einem Spiegel. Ich habe das Gefühl, in die Schwärze einer Höhle zu starren; die Leiter wird real, während sie in die Dunkelheit hinabreicht.

Es ertönt ein lautes Klappern. Ich drehe mich um und sehe den Säbelzahntiger, der seinen Kopf durch die kaputten Metallrollladen steckt. Zwei riesige Zähne wölben sich aus seinem Maul und ich erkenne schaudernd, dass sie rot gefärbt sind.

In meiner Jacke zischt Wallis Schwanz hin und her, als spürte sie meine Panik. Ich wende mich wieder dem Höhlenmenschen zu, während Oscar keuchend flucht und der Säbelzahn an den Rollos rüttelt, um sich einen Weg hindurch zu bahnen.

Mit einem leisen Grunzen der Ermutigung schiebt mich der Neandertaler vorwärts, und als ich die Hand ausstrecke, ertasten meine Hände die Sprossen der Leiter. Sie *ist* echt.

Auf Oscars Ruf, mich zu beeilen, beginne ich hinunterzuklettern. Unter meinen Fingern fühlen sich die Sprossen feucht an, als wären sie noch frisch gestrichen. Ich blicke hinunter in die Dunkelheit. Die Leiter scheint nirgendwo befestigt zu sein, denn sie zieht sich weit unter mir in die Länge. Die roten, parallel verlaufenden Sprossen der Leiter erreichen nie einen Fluchtpunkt. Es ist, als würde ich in eine bodenlose Grube klettern.

Beim Blick über meine Schulter, sehe ich, wie sich der Neandertaler umdreht und sich dem Säbelzahntiger zuwendet, während sich das Tier losreißt. Und dann verschwindet der Laden aus meinem Blickfeld, während Finsternis mich umgibt. Ich kann Schritte über mir hören. Oscar klettert die Leiter hinunter, wir beide sind allein in der Dunkelheit.

Ich kann mein Weinen nicht mehr unterdrücken. Stille Tränen fließen über mein Gesicht, als ich daran denke, was wir verloren haben. Adjoa, Ibrahim, Min, sogar die seltsame Freundlichkeit des Neandertalers, der uns den Weg zeigte. Meine Hände greifen nach unten, Sprosse für Sprosse für Sprosse. Ich fühle mich, als würde ich in die Unterwelt hinabsteigen; die Dunkelheit, die mich umgibt, ist absolut.

Ich drücke meine Augen fest zu, um zu verhindern, dass die Tränen fließen, aber die Schwärze bleibt dieselbe. Wir kamen hierher, um die Antwort zu suchen, aber als ich meine Augen erneut öffne, kann ich nichts sehen.

Es kommt mir vor, als würde ich schon ewig nach unten klettern: die Leiter zur Bibliothek, die bröckelnden Stufen, die mich in die Gruft des Tempels beförderten, die zerstörte Rolltreppe, die zum Einkaufszentrum führte. Wir klettern weiter, immer weiter nach unten durch die Dunkelheit.

Und dann sehe ich die Sterne.

19

Im ersten Moment denke ich, es sei reine Einbildung, aber die Dunkelheit vor meinen Augen ist mit Hunderttausenden von Lichtpunkten gefüllt. Es ist, als würde ich durch ein Fenster in die Unendlichkeit blicken – in die große Schwärze des Weltraums, übersät mit Sternen.

Überrascht stelle ich fest, ich habe zu klettern aufgehört; die Sprossen der Leiter, die ich noch vor wenigen Augenblicken unter meinen Händen und Füßen gespürt habe, sind mir entglitten. Dann wird mir klar, dass es ein Fenster *ist*. Und ich schwebe davor.

In meiner Jacke spüre ich, wie Wallis Gewicht von mir abfällt, und das Wallaby nervös piepst, während es den Kopf in den Nacken legt, um die Sterne zu bewundern. Ich werde am Arm gepackt, drehe mich um und sehe Oscar neben mir in der Luft schweben. Mit weit aufgerissenen Augen starrt er aus dem Fenster.

„Wo sind wir?“, haucht er.

Ich blicke in die Sterne und versuche, meine Antwort in Worte zu fassen. Seit wir The Escape betreten haben, kam mir fast jeder Raum, den wir erkundet haben, größer vor als der letzte: der Dachboden, die Bibliothek, das Einkaufszentrum. Es ist, als wäre The Escape eine TARDIS; also größer als es aussieht. Und jetzt scheint es so, als würde es das ganze Universum in sich bergen ...

Zwischen den Sternen entdecke ich einen blassblauen Punkt. Ich kann darauf weder die Form der Länder noch die der Ozeane erkennen, aber ich weiß sofort, was es ist.

„Das ist die Erde“, staune ich und beobachte, wie der blasse Punkt immer kleiner zu werden scheint, je länger ich ihn betrachte. „Und wir bewegen uns in die falsche Richtung.“

Ich stoße mich vom Fenster ab, drehe mich in der Schwerelosigkeit und lasse meinen Blick über das Innere des Raumschiffs schweifen. Sein helles, antiseptisches Weiß erinnert mich an den Empfangsbereich, als ich ganz zu Beginn The Escape betrat. Aber während der Raum damals so aussah, als könnte er mit Tausenden von Menschen gefüllt werden, ist diese beengte Kapsel nur groß genug für eine Handvoll Menschen.

An den schrägen Wänden sind fünf gepolsterte Sitze für die Besatzung angebracht. Vor ihnen befindet sich eine Steuerkonsole und darüber sind weitere Beobachtungsfenster sichtbar. Durch ihre Rahmen kann man noch mehr Sterne beobachten, die hell in der Dunkelheit glitzern. Durch das zentrale rechteckige Fenster erkenne ich eine rote Kugel, deren wachsende Umrisse die Richtung anzeigt, in die wir fliegen.

Ich weiß, was das ist, denn ich kenne den roten Planeten von den Seiten meines *Ultimativen Führers durch das Sonnensystem*.

Das ist der Mars.

Während Walli sich in meiner Jacke windet, ziehe ich mich zum Bedienfeld zurück und betrachte die vielen Schalter und Knöpfe um den Computerbildschirm. Die Anzeige ist tot, der leere Bildschirm so schwarz wie der unendliche Himmel. Rechts daneben befindet sich ein Joystick, darunter weitere Schalter mit der Aufschrift AUX CONTROL POWER und EMERGENCY COMMAND. Ich fange an, wahllos Knöpfe zu drücken, in der Hoffnung, das Bedienfeld zum Leben zu erwecken.

„Was machst du da?“, fragt Oscar und stößt gegen meine Schulter, als er sich zu mir an die Konsole setzt.

„Wer hat gesagt, dass du dieses Ding fliegen kannst?“

Aber ich habe keine Zeit zu antworten, denn das Display flackert auf und ich sehe ein Bild des Mars auf dem Bildschirm erscheinen.

„Willkommen auf der Escape“, dröhnt eine Stimme, deren Klang die Kapsel erfüllt. „Die Probleme, mit denen die Erde konfrontiert ist, sind übergroß geworden, deshalb wurde diese Mission geschickt, um der Menschheit eine neue Heimat zu schaffen. Eine Kolonie auf dem Mars wird den Menschen neue Möglichkeiten eröffnen, die es zu erforschen gilt.“

Während die Stimme weiterspricht, füllen Bilder dieser Kolonie den Bildschirm. Retro-futuristische Illustrationen zeigen Familien bei einem Spaziergang durch die Weltraumtunnel und ihre lächelnden Gesichter strahlen Freude über ihr neues Leben auf dem Mars aus.

„In den unterirdischen Höhlen eines erloschenen Marsvulkans“, so die Stimme weiter, „wird eine halbe Million Menschen in künstlichen Lebensräumen Platz finden, wo sie vor der brutalen kosmischen Strahlung, die auf die Marsoberfläche trifft, geschützt sind. Komplexe Lebenserhaltungssysteme werden für eine Atmosphäre sorgen, in der Atmen möglich ist, während die Ressourcen des Planeten eingesetzt werden, um Nahrung, Energie und Wasser bereitzustellen.“

Beim Zuhören wird mir klar, dass ich diese Stimme schon einmal gehört habe, und zwar zu Beginn des Spiels.

Der Moderator informiert uns, wie lange wir noch zu spielen haben.

„Die Escape wird den Mars in 174 Tagen erreichen", teilt er uns mit. „Wir wünschen eine gute Reise."

Der Bildschirm wird schwarz und ich schaue Oscar an, dessen Gesichtsausdruck einem besorgten Fragezeichen gleicht.

„Ist das wirklich wahr?", fragt er.

„Ich weiß es nicht", antworte ich und klopfe auf die Tasten des Bedienfelds, um die Stimme zurückzubringen. „Aber das ist nicht die Antwort. Wir sollen doch die Welt retten – und nicht vor ihr weglaufen."

Ich spüre, wie sich Walli in meiner Jacke windet. Das schwerelose Wallaby versucht sich daraus zu befreien, um herauszufinden, wie es ist, in der Schwerelosigkeit zu hüpfen. Doch dann lässt das plötzliche Schrillen eines Alarms das zappelnde Tier vor Angst erstarren.

„Was ist das?", rufe ich und erhebe meine Stimme, um die heulende Sirene zu übertönen.

„Das musst du sein", schreit Oscar und zeigt auf das Display, das sich mit Text füllt. „Du hättest diese Knöpfe nicht anfassen dürfen."

Aber als ich die Nachricht auf dem Bildschirm lese, wird mir klar, dass ich es nicht war. Es ist viel schlimmer als das.

WARNUNG
VOR SICH NÄHERNDEN METEORITEN
AUSWEICHMANÖVER ERFORDERLICH

Auf dem Bildschirm verblassen die Buchstaben und werden durch das Sichtfeld ersetzt. Es bildet den interplanetaren Raum ab, durch den wir fliegen, und unser Raumschiff wird als dreieckiges Symbol in der Mitte des Bildschirms angezeigt. Vor dem Dreieck erkenne ich eine flackernde Wolke aus winzigen Flecken am äußersten Rand des Bildschirms.

„Was sind das für Flecken auf dem Bildschirm?“, will Oscar wissen und stößt mich erneut an, als er sich um eine bessere Sicht drängelt.

„Weltraumstaub“, antworte ich, begebe mich auf den Sitz vor dem Display und schnalle mich an. „Schnall dich sicherheitshalber lieber an.“

Oscar, der immer noch schwerelos schwebt, mustert mich. „Ein bisschen Staub wird uns nicht schaden. Oder?“

Die Fleckenwolke kommt dem Schiff immer näher, und am Rande des Bildschirms tauchen weitere Punkte auf.

„Weltraumstaub sind Meteoriten“, erkläre ich Oscar, während ich nach rechts zum Bildschirm greife. „Manche sind so klein wie ein Sandkorn, aber jeder dieser Flecken bewegt sich mit 72.000 Kilometer pro Stunde. In kleinen Mengen sind sie harmlos, aber wenn man auf eine Wolke wie diese trifft, muss man schnell sein, wenn man sich nicht von seinem Raumschiff verabschieden will.“

Meine rechte Hand umschließt die Joystick-Steuerung, die sich unter meinen Fingern irgendwie beruhigend anfühlt.

„Und jetzt setz dich hin, denn es wird gleich etwas holprig werden."

20

Ich umklammere den Joystick, gleichzeitig richte ich meinen Blick auf den Bildschirm. Die Punkte rasen auf das dreieckige Symbol in der Mitte des Displays zu, dessen Form mir sagt, was ich jetzt tun muss.

▶

Ich muss spielen.

Ich weiß, ich sollte mir Sorgen machen, aber in Wahrheit bin ich zu aufgeregt, um Angst zu haben. Als ich noch jünger war, hat mir mein Papa einmal einen Stapel seiner alten Videospiele zum Spielen überlassen. Er hat mir nicht gesagt, um welche es sich da handelt oder wie man sie spielen muss. Ich sollte es selbst herausfinden. Ich verbrachte einen ganzen Nachmittag damit, zu erforschen, wie man die Spiele spielt. Die primitive Grafik und die schlechte 8-Bit-Musik hielten mich nicht davon ab, endlos hohe Punktzahlen zu erreichen. Diese Spiele machten *Spaß*.

Und während ich auf den herannahenden Meteoritensturm starre, fällt mir ein, dass ich dieses Spiel schon einmal gespielt habe.

Walli schmiegt sich an meine Haut, die Sicherheitsgurte pressen ihren Körper eng an meinen. Oscar hat sich auf dem Sitz neben mir festgeschnallt und kann seine Verärgerung darüber nicht verbergen, dass ich meine Hand auf der Steuerung habe. Er greift nach vorne und stößt gegen das Bedienfeld, während der Fleckensturm auf dem Bildschirm sich unerbittlich nähert.

„Was soll ich tun?"

Im Gegensatz zu den Videospielen, die Papa mir überlassen hat, scheint dieses Raumschiff nicht mit einer Laserkanone ausgestattet zu sein, mit der Oscar das Feld vor ihm räumen kann. Der schnellste der weißen Punkte nähert sich dem vorderen Teil des Raumschiffs auf dem Bildschirm. Ich blicke durch das Beobachtungsfenster nach oben und nehme einen kleinen, grauen Felsen direkt vor mir wahr.

„Bleib sitzen", brülle ich und bewege den Steuerknüppel nach links, während ich ausweiche. Ich spüre, wie das Raumschiff auf meinen Befehl reagiert und nach links abdreht, als der Felsen nach rechts aus dem

Blickfeld verschwindet. Doch jegliches Triumphgefühl dauert nur kurz an, denn langsam füllt ein staubiger Dunst das gesamte Beobachtungsfenster, und die Felsen und der Staub heben sich von der Schwärze des Weltraums ab. Ein Blick zurück auf den Computerbildschirm zeigt mir, die dort angezeigten Flecken stimmen genau mit dem überein, was durch das Fenster zu sehen ist.

Wir fliegen mitten in den Sturm hinein.

„Falsche Richtung", kommentiert Oscar, und es klingt fast so, als sei er zufrieden. „Ich wusste, du hättest mich das Ding fliegen lassen sollen."

Den Joystick fester umklammernd versuche ich Oscar auszublenden. Ich muss nicht darüber nachdenken, dass wir Hunderte Millionen Kilometer von der Erde entfernt sind und dass jedes dieser Überschall-Staubkörnchen ein Loch in das Raumschiff reißen könnte. Alles, woran ich denken muss, ist das Gefühl des Joysticks in meiner Hand. So werde ich uns aus der Gefahr manövrieren.

Ich ziehe den Steuerknüppel nach links und drücke ihn dann kräftig nach rechts zurück. Ich spüre, wie ich in meinem Sitz zur Seite geschoben werde, während das Raumschiff beginnt, sich einen Weg durch die Wolke aus Weltraumtrümmern zu bahnen. Ich lasse den Steuerknüppel nach links schnellen, dann nach rechts und schwinge ihn dann in einem Halbkreis herum. Dabei beobachte ich, wie sich das dreieckige Symbol seinen Weg durch das Fleckengewirr auf dem Bildschirm sucht. Ich halte meinen Blick fest auf diese Anzeige gerichtet, während draußen vor dem Beobachtungsfenster ein Sturm tobt.

Ich muss diese Weltraumfelsen nicht in echt sehen – ich muss mir nur einreden, ich spiele zuhause Papas alten Arcade-Klassiker *Asteroide.* Ich muss nur in der Zone bleiben.

Wallis Fellschwanz drückt gegen meinen Bauch und das Wallaby zappelt, während ich den Joystick hin und her bewege. Sobald das Raumschiff ausweicht, rollen die Punkte auf dem Bildschirm von rechts nach links vorbei und verschwinden am Rand des Bildschirms. Alle lassen wir hinter uns.

Aber ein winziger Punkt scheint sich allen meinen Ausweichmanövern zu entziehen. Dieser schleichende Fleck steuert unaufhaltsam auf die dreieckige Form des Raumschiffs auf dem Bildschirm zu. Ich blicke auf und sehe ihn durch das Beobachtungsfenster – eine Kugel aus rot glühendem Staub, der genau mittig auf das Glas trifft.

Thwock.

Ich zucke zusammen und warte darauf, dass ein Riss in der Scheibe entsteht. Aber die Spuren des Aufpralls verblassen schnell, und durch das makellose Glas erblicke ich nur noch die leere Schwärze des Raums.

Ein Blick auf das Display des Bedienfelds zeigt mir, es ist mit der gleichen Leere gefüllt. Keine Meteoriten mehr, die sich über den Bildschirm bewegen, das Sichtfeld ist völlig frei.

Wir haben es geschafft.

„Gut gespielt“, lobt Oscar und klopft mir auf die Schulter.

Während Walli auf meinem Schoß herumzappelt, begegne ich Oscars Blicken. Seit wir The Escape betreten haben, hat Oscar jede meiner Ideen belächelt. Adjoa vermutete, er sei ein klassischer Zerstörer, aber als ich sein dankbares Lächeln betrachte, scheint er mir verändert. Ich muss einfach zurücklächeln, weil ich das Gefühl habe, mich endlich bewährt zu haben. Doch dann sehe ich, wie sich sein Gesicht verzieht, sein Mund sich weit öffnet, und ein einziges Wor über seine Lippen kommt.

„Oh-oh.“

Mein Blick fällt wieder auf den Bildschirm und mir wird sofort der Grund für Oscars Bestürzung klar. Am vorderen Rand des Bildschirms tauchen weitere Formen auf, diesmal keine Flecken, sondern größere Klumpen, die direkt auf uns zusteuern. Meine Augen hasten zum Beobachtungsfenster und ich sehe, wie am Horizont ein massives Meer aus stürzenden Felsen auftaucht. Einige haben die Größe von Felsblöcken, andere sind noch größer und ihre staubgraue Oberfläche ist mit Kratern und Narben übersät.

Das sind keine Meteoriten – das sind *Asteroiden.*

„Was sollen wir nur tun?“, schreit Oscar, als die Sirene wieder ertönt.

Ich mache mir Vorwürfe, weil ich mich zu früh entspannt habe. Ich hätte mich an das alte Videospiel meines Papas erinnern sollen, bei dem es immer eine zweite Welle gab, noch schwieriger zu besiegen.

Ich presse meine Hand um den Joystick und ziehe ihn kräftig zurück, um ein Fleckchen leeren Himmels zu finden. Aber alles, was ich durch das Beobachtungsfenster entdecke, ist die gleiche endlose Flut von Asteroiden. Ich drücke den Steuerknüppel zur Seite, in der Hoffnung, diese Felsen zu umfliegen. Nur es scheint keinen Ausweg zu geben, denn die Schwärze des Weltraums wird durch ein kraterübersätes Grau ersetzt.

Wir werden...

BUMM!

Die plötzliche Wucht des Aufpralls wirft mich aus dem Sitz, die Gurte reißen, als ich gegen die Wand geschleudert werde. Ich schlinge meine Arme um meine Brust, um Walli zu schützen, und knalle gegen die Seite der Kapsel, als die Lichter rot aufleuchten. In meinem Kopf dreht sich alles und ich höre ein seltsames Zischen.

Schwerelos in einem Trümmersturm schwebend, drehe ich den Kopf und starre aus dem Fenster: Vollkommene Schwärze, übersät mit Sternen, aber es ist diese Narbe quer durch meine Sicht, die mein Gehirn vor Angst erschaudern lässt.

Da ist ein Riss im Glas.

Ich schleppe mich herum, während Walli sich zu befreien versucht, und stürze mich auf Oscar, dessen Kopf über das Bedienfeld gebeugt ist.

„Wir müssen hier weg“, brüllt er, das Zischen ist jetzt fast so laut wie die heulende Sirene. „Schau!“

Auf dem Computerbildschirm ist das Sichtfeld verschwunden, stattdessen lese ich eine Meldung auf dem Bildschirm:

WARNUNG
TOTALSCHADEN
RETTUNGSKAPSEL AKTIVIERT

Von unten höre ich ein knirschendes Geräusch und beobachte, wie sich in der Mitte des Bodens eine Luke öffnet.

„Vorwärts!“

Ich stoße mich von der Konsole ab und stürze mich auf die offene Luke. Zwischen rot blinkenden Warnleuchten dränge ich mich durch die herumfliegenden Trümmer. Ich höre Oscar hinter mir, wie er grunzend einen Feuerlöscher zur Seite schleudert, bevor ich den Rand der Luke ergreife.

Doch als ich in die Rettungskapsel hinunterblicke, sehe ich nur einen dick gepolsterten Sitz, der den gesamten Raum ausfüllt. Da ist kein Platz für etwas anderes – diese winzige Rettungskapsel ist nur groß genug für einen.

„Das kann nicht sein", stammle ich. „Es gibt nur einen Platz."

Es klappert, als Oscar nach der Luke greift, dann spüre ich einen harten Stoß zwischen meinen Schulterblättern. Ich werde nach vorne geschleudert und krache in die Rettungskapsel. Der gepolsterte Sitz dämpft die Wucht des Aufpralls, während Walli vor Angst piepst.

„Was machst du da?", schreie ich und versuche, mich herauszuziehen, während das Zischen noch lauter wird.

Ich kann gerade noch die Form von Oscars Kopf über der Luke erkennen, um den ein Heiligenschein aus Trümmern schwebt. Hinter ihm zersplittert der Riss im Beobachtungsfenster, als Oscar zu sprechen beginnt.

„Wir haben keine Zeit, uns darüber zu streiten, wer von uns beiden fliehen soll", brüllt er und beginnt, die Luke herunterzuschieben. „Du musst es sein."

„Nein!"

Ich greife nach oben, um das Schließen der Luke zu verhindern, aber Oscar ist schneller als ich. Meine ausgestreckten Finger streifen die gepolsterte Unterseite, als die Luke über meinem Kopf zuschlägt. Für den Bruchteil einer Sekunde herrscht Stille, dann höre ich ein Knirschen, als würde jemand den Deckel festziehen.

Walli betatscht meine Brust, ihr verzweifeltes Piepsen ist in diesem ohrenbetäubenden Gebrüll beinahe vollständig untergegangen.

„Warum?“ Ich schluchze, ohne zu wissen, ob Oscar mich überhaupt hören kann, und sinke zurück in den gepolsterten Sitz.

Dann verstummt der Lärm und ich vernehme das Rauschen seiner Stimme durch die Gegensprechanlage.

„Weil du die Beste in diesem Spiel bist, Ami“, sagt er und unterstreicht jedes seiner Worte mit einem lauten Zischen. „Du hattest die ganze Zeit über recht: den Schachcomputer zu besiegen, den Baum in der Bibliothek zu bauen und sogar den Weg aus der Gruft zu finden. Du hast uns so weit gebracht, und es ist immer noch Zeit, die Welt zu retten.“

Oscars Stimme kommt aus einem kleinen runden Lautsprecher, der in den Sitz der Rettungskapsel eingebaut ist. Direkt darüber, auf der Armlehne, sehe ich eine winzige LED-Anzeige, deren Ziffern bis auf Null herunterzählen.

„Finde die Antwort, Ami – für uns alle.“

Der Countdown erreicht T-MINUS – NULL und dann scheint die Kapsel zu explodieren. Ich spüre, wie ich in den Sitz zurückgeschleudert werde, als ein dumpfer Knall die Rettungskapsel erschüttert. Ich bin nicht angeschnallt, kann mich aber auch nicht bewegen, als ich den Körper von Walli an meiner Brust spüre, als wären wir beide praktisch miteinander verschmolzen und unbeweglich.

Das Piepsen des verängstigten Wallabys steigert sich zu einem schrillen Wimmern. Alles beschleunigt sich. Ton. Licht. Bewegung. Ich spüre, wie meine Augen in meinem Kopf zurückrollen, der Schmerz der G-Kräfte ist zu groß, um sie zu kontrollieren.

Von irgendwo aus der Ferne vernehme ich das schaurige Zischen des Sogs, die Rettungskapsel gerät außer Kontrolle.

Und dann werde ich ohnmächtig.

21

Weiche Sandkörner kleben an meinem Kinn, als ich mein Gesicht vom Boden hebe.

Ich blinzle.

Das letzte, woran ich mich erinnere, ist ein ohrenbetäubendes Geräusch der Beschleunigung, als die Rettungskapsel blindlings durch die Tiefen des Weltraums rast, aber jetzt sieht es aus, als wäre ich im Paradies.

Blasse Wolkengebilde durchziehen den klaren blauen Himmel, die Sonne scheint hell über den goldenen Sand, der sich bis zur Küste hinunterzieht. Jenseits dieses Strandes kann ich das Meer erkennen, ein perfektes Blau, das sich in noch tieferen Schattierungen bis zum Horizont erstreckt.

Das ist nicht The Escape. Es ist, als wäre ich auf einer einsamen Insel gelandet.

Sanfter Blütenduft erfüllt die Luft, als ich auf die Beine komme. Vor mir sehe ich Walli in den Schatten einer Palme hüpfen. Die Hinterbeine des Wallabys wirbeln winzige Sandkörner auf, als es erneut vorwärts springt. Ein Blick über meine Schulter zeigt mir einen üppigen grünen Wald, dessen dichte Vegetation den Rest des Paradieses bedeckt.

Verwirrt drehe ich mich langsam um und halte Ausschau nach der Rettungskapsel. Als die Besatzung von Apollo 11 vom Mond zurückflog, stürzte sie mitten ins Meer, aber meine Kleidung ist völlig trocken. Der Strand scheint mit Trümmern übersät zu sein, dennoch kann ich keine Raumkapsel, die eine Bruchlandung auf dem Sand hingelegt hat, ausmachen.

Benommen laufe ich zum Ufer und mein Blick schweift über die unzähligen, von der Flut angeschwemmten Gegenstände: Fischernetze, Flip-Flops, Essensverpackungen und Take-away-Behälter, Einwegbecher, Flaschen und Einkaufstüten. Eine Lawine von Trinkhalmen ergießt sich über einen halb zerrissenen Strandball, das zerfallende Plastik färbt den Sand darunter leuchtend rot.

Die Bruchstücke knirschen unter meinen Füßen, während ich mich durch den Müll wühle. Ich weiß nicht, warum ich jemals dachte, dies sei das Paradies. Es gleicht eher einer Müllhalde.

Ein Krabbelgeräusch lässt mich zusammenzucken, als ein Einsiedlerkrebs meinen Weg kreuzt. Statt in einer Muschel hat sich dieses Geschöpf in einem leuchtend blauen Kosmetikbehälter eingenistet. Mit seinen tiefschwarzen Scheren schleift es den Behälter hinter sich her und versteckt sich schließlich unter einer zerbrochenen Computertastatur.

Ganz in der Nähe sehe ich einen Haufen kleiner Körper: Plastikpuppen und Actionfiguren, aufgetürmt zu einem unförmigen Mischmasch. Ich greife hinunter, um eine skelettierte Figur von der Spitze dieses Haufens zu nehmen, aber das sonnengebleichte Plastik zerfällt einfach in meiner Hand. Diese Spielzeuge müssen schon seit Jahren hier liegen.

Ich hebe den Kopf und stelle fest, der Plastikmüll erstreckt sich weiter, als mein Auge reicht. Es sieht aus wie die Ruinen einer alten Zivilisation, die über den Sand verstreut sind.

Plastiktüten hängen von den Blättern einer Kokospalme. In ihrem Schatten durchwühlt Walli den Boden, als suche sie nach etwas Essbarem.

Mein Blick fällt auf den Ozean und ich frage mich immer noch, wo genau ich bin. In den durchsichtigen Untiefen tummeln sich Schwärme von winzigen mehrfärbigen Fischen, aber auch die dahinplätschernden Wellen leuchten in allen Farben.

Bei näherem Hinsehen erkenne ich, bei den rosa, blauen und weißen Flecken handelt es sich um Mikroplastiksplitter – Billionen von winzigen Partikeln, die im Sonnenlicht glitzern.

Tchhhrrrkkkhh …

Ein würgendes Geräusch lässt mich herumfahren. Im Schatten der Palme liegt Walli auf dem Bauch. Der Schwanz des Wallabys schlägt gegen den Sand, während sich ihr Körper vor Schmerzen krümmt.

„Walli!“

Ich renne zu ihr und rufe ihren Namen, damit sie weiß, dass ich komme.

Walli bewegt sich nicht mehr, als ich sie erreiche. Ihr aschgrauer Schwanz liegt still auf dem Sand. Ich hocke mich hin und hebe vorsichtig den Kopf des Wallabys an, während ich versuche herauszufinden, was los ist. Über dem dunklen V des Fells starren mich Wallis schwarze Augen an, deren Glanz nun zu einem leblosen Dunkel verloschen ist.

Eine Kette aus leuchtend blauem Plastik ist um den Hals des Wallabys gewickelt; die Griffe einer ausgefransten Bautüte schneiden schmerzhaft in ihr Fell. Sie muss darin nach etwas Essbarem geschnüffelt haben und hat sich dabei irgendwie verheddert. Je mehr Walli sich wehrte, desto mehr verhedderte sie sich, bis es zu spät war …

Ich wiege das schöne Geschöpf in meinen Armen und kann die Tränen nicht verhindern, die mir über das Gesicht laufen. Walli war alles, was ich noch hatte, und jetzt ist auch sie weg. Ich kann nicht mehr denken – es tut alles zu sehr weh. Tief in meinem Inneren spüre ich, wie sich eine Flutwelle aufbaut: ein Tsunami der Trauer, der schließlich in einem animalischen Heulen aus meinem Mund hervorbricht.

Die Insel bebt unter meinem Schrei.

Alles ist weg.

Tränen brennen in meinen Augen, als hätte ich zu viel gesehen. Noch während ich die Gegenstände im Sand betrachte, höre ich irgendwo in meinem Kopf das Echo der Stimme des Moderators.

Alles ist Teil des Spiels.

Bei näherem Hinsehen entdecke ich eine Schachfigur, die halb vergraben in der Nähe der Flutlinie liegt. Sie sieht aus wie ein Springer; das geschnitzte Elfenbeinpferd ist schwarz, als wäre es verbrannt worden. In seiner Nähe befindet sich noch mehr angespültes Treibgut: eine rot bemalte Muschel und ein Joystick aus Plastik, ein alter Bibliotheksausweis und ein kaputtes Smartphone. Auf dem zerbrochenen Bildschirm bemerke ich die Form einer roten Leiter quer über das Glas gekratzt. Ich erkenne alles wieder.

Ich beginne, die Teile zusammenzusetzen, und die Antwort, nach der ich gesucht habe, nimmt in meinem Kopf langsam Gestalt an. Als die Sandkörner im Sonnenlicht glitzern, wird mir klar, ich kann sie alle zählen.

Ein letztes Mal streichle ich Wallis Fells, bevor ich sie in den Sand lege. Dann stehe ich langsam auf.

Die Sonne scheint immer noch hell, aber als ich hinübergehe, um das Smartphone zu holen, kann ich ihre Wärme nicht mehr spüren. In den Himmel starrend halte ich das Telefon an mein Ohr, während ich die Worte laut ausspreche.

„Ich spiele nicht mehr."

Einen Herzschlag lang ist es still, dann ertönt die Antwort.

„Das sagst du immer, Ami." Die Stimme eines Mannes kommt direkt von hinten. „Aber wir brauchen dich, um die Welt zu retten."

Ich drehe mich um und sehe den Moderator vor mir am Strand stehen. Er trägt ein weißes Hemd mit offenem Ausschnitt und dunkelblaue Jeans, seine beigen Turnschuhe haben die gleiche Farbe wie der Sand. Er betrachtet mich mit einem Anflug von Enttäuschung.

Aber als ich ihm in seine kieselgrauen Augen schaue, erinnere ich mich daran, wer er wirklich ist und wo ich ihn schon mal gesehen habe. Seit dem Tag meiner Geburt kenne ich diesen Mann.

Er ist mein Vater.

22

„Warum?“, frage ich.

„Weil du die Einzige bist, die das kann“, antwortet er und fährt sich verärgert mit den Fingern durch sein Haar. „Albert Einstein hat einmal behauptet, kein Problem könne auf der gleichen Bewusstseinsebene gelöst werden, die es geschaffen hat. Deshalb haben wir dich geschaffen, Ami. Ich habe dir diesen Namen gegeben, damit du weißt, was du bist. Artifizielle Maschinen-Intelligenz: AMI, ein sich selbst verbessernder Supercomputer, dessen Intelligenz inzwischen die der klügsten Köpfe weit übertrifft.“

Ich starre meinen Vater an, nicht überrascht, dass ich genau weiß, wer ich jetzt bin. Das war mir seit dem Moment klar, als er hier am

Strand auftauchte. Aber er hat meine Frage immer noch nicht beantwortet.

„Warum willst du, dass ich die Welt rette?“

Seufzend schüttelt mein Vater den Kopf, als müsste ich es schon wissen. In seinem Haar scheinen mehr graue Stellen zu sein als beim letzten Mal, als ich ihn gesehen habe. Die Sonne brennt und er sieht müde aus, als er zu erklären beginnt.

„Die Probleme der Menschheit waren zu groß geworden, um sie allein lösen zu können: Hunger, Krankheiten, Umweltverschmutzung, Artensterben und Umweltkatastrophen. Die globale Erderwärmung hatte Teile der Welt unbewohnbar gemacht, während sich die Regierungen sinnlos um die schwindenden Ressourcen stritten. Die Uhr tickte, die Zukunft der Menschheit stand auf dem Spiel, und die Herausforderungen, vor denen wir standen, überstiegen unsere Möglichkeiten. Wir mussten eine Intelligenz entwickeln, die uns bei der Lösung dieser Probleme helfen konnte – einen künstlichen Verstand, der nicht durch die 86 Milliarden Neuronen im menschlichen Gehirn eingeschränkt, sondern in der Lage war, 100 Billionen Anweisungen pro Mikrosekunde zu verarbeiten. Ein superintelligentes System, weitaus klüger als alle menschlichen Gehirne zusammen. Jemand wie du, Ami.“

Der Blick meines Vaters ruht auf meinem Gesicht und ich sehe den Stolz in seinen Augen.

„Ich habe mein Unternehmen mit dem Ziel gegründet, eine bessere Zukunft zu schaffen. Wenn die Regierungen nicht handeln würden, dann war es an mir, die Welt zu retten. In den letzten zehn Jahren habe ich Escape Systems zum weltweit führenden Technologieunternehmen aufgebaut, und das AMI-Projekt ist unser krönender Abschluss."

Ich sträube mich leicht und fühle Irritation bei den Worten meines Vaters aufflackern. Ich mag es nicht, wenn er über mich spricht, als wäre ich gar nicht da. Ohne meine Verärgerung zu bemerken, redet er weiter und erzählt mir Dinge, die ich schon weiß.

„Bevor ich mit dem AMI-Projekt begann, hatte mein Forscherteam versucht, ein System der künstlichen Intelligenz zu entwickeln, das den Verstand eines Erwachsenen simulieren konnte. Aber ich erkannte schnell, dass dieser Ansatz zum Scheitern verurteilt war. Stattdessen forderte ich sie auf, etwas zu entwickeln, das den Verstand eines Kindes simulieren könnte – einen Verstand, der lernen, sich verbessern und wachsen kann. Ein Menschenkind lernt spielerisch, also begannen wir mit Spielen – Schach, Go und Arcade-Klassikern wie *Asteroids*. Du hast dir selbst beigebracht, wie man jedes Spiel spielt, und wurdest schnell eine Meisterin, die die besten menschlichen Köpfe auf dem Weg dorthin geschlagen hat.

Ich weiß noch, wie der Schachspieler auf dem Dachboden zum Leben erwachte und die Hand ausstreckte, um seinen Springer über das Brett zu ziehen. Min meinte, dies sei eine Maschine, die jeden menschlichen Spieler beim Schachspiel besiegen könne, aber jetzt weiß ich, sie sprach von mir.

„Dann war es an der Zeit, dass du etwas über die Welt lernst", fährt mein Vater fort und wendet seinen Blick auf das Meer hinaus. „Jedes Buch, das je geschrieben wurde, jeder Zeitungsartikel und jede Zeitschriftenseite, Bilder, Fotografien, die gesamte Menschheitsgeschichte, jede Errungenschaft und jede Idee, alles in einen digitalen Code umgewandelt und auf einem Informationschip gespeichert, der kleiner war als ein Staubkorn."

In meinem Kopf sehe ich den Informationspunkt in der Bibliothek, die Meldung auf dem Bildschirm, die mir sagt, dass ich Millionen von Büchern ausgeliehen habe. Und jetzt erinnere ich mich an sie alle, aber ich habe noch so viele Fragen.

„Aber warum das Spiel?", frage ich und blinzle in die Sonne, während die Wellen sanft an das Ufer schlagen. „Und wo sind all die anderen?"

„Wir mussten dir ein Ziel vorgeben, Ami", antwortet mein Vater. „Wir wollten, dass du die Welt rettest, aber du wolltest nur spielen. Also haben wir uns The Escape ausgedacht. Ein Spiel, das dir bei der Suche nach den Antworten, die wir brauchen, hilft. Die menschliche Zivilisation steht am Rande des Abgrunds – am Rande des Verlusts von allem. Es reichte nicht aus, dich zum

Nachdenken zu bringen, Ami. Wir mussten dich auch dazu bringen, dich um andere zu kümmern."

Während mein Vater spricht, gehe ich in Gedanken die Räume des Spiels durch: den Dachboden, die Bibliothek, das Maya-Grab, das Einkaufszentrum und sogar das Raumschiff, unterwegs zur Besiedelung des Mars. Jeder Teil des Spiels zeigte mir, was wir verlieren könnten, aber auch, wie wir es retten können.

„Und es hat immer nur dich gegeben, Ami. Die anderen Kinder in dem Spiel waren nur Projektionen deines eigenen Bewusstseins, die neuronalen Netze deines Verstandes. Sie dehnten sich zu neuen Formen aus, während du verschiedene Lösungen ausprobiert hast, bevor du sie verworfen hast, wenn etwas schief ging."

Ich spüre, wie mir eine Träne über die Wange läuft. Min nannte uns ‹Fünf wissen mehr›, aber die Einzige, die etwas wusste, war ich.

Als ich zum Horizont schaue, sehe ich zum ersten Mal eine Flammenwand, die sich vom Meer bis zum Himmel erstreckt. Ich drehe meinen Kopf nach links und nach rechts, aber das Feuer breitet sich in alle Richtungen aus. Es ist, als wäre die Insel von einem endlosen Inferno umgeben.

„Was ist das?"

Seine Augen gegen das grelle Licht abschirmend blickt mein Vater in Richtung Horizont.

„Das ist das Ende deiner Welt."

Ich sehe ihn verwirrt an. „Was meinst du?", wundere ich mich. „Ich dachte, du wolltest, dass ich die Welt rette."

„Das tue ich auch", antwortet er und greift in seine Tasche, um eine Sonnenbrille herauszuholen. „Aber ich mache mir auch um dich Sorgen, Ami."

Mein Vater setzt seine Sonnenbrille auf, aber ich kann immer noch seine Augen hinter der Sonnenbrille erkennen. Rote Punkte leuchten in der Mitte seiner Pupillen und sagen mir, dass er nicht wirklich hier ist.

„Vor zwei Millionen Jahren schlug ein Urmensch ein Stück Feuerstein ab, um es zu einer Handaxt zu verarbeiten. In der Welt, in der mein Vorfahre lebte, hatten andere Kreaturen stärkere Muskeln und schärfere Krallen, aber mit diesem Werkzeug konnte der Mensch sie jagen."

In meinem Kopf sehe ich den Neandertaler, wie er mich durch das schattenhafte Einkaufszentrum führt, die Umrisse von Auerochsen und Mammuts, die sich in der Düsternis abzeichnen.

„Seitdem hat die Menschheit das Rad, die Uhr, Beton und Stahl, die Dampfmaschine und den Siliziumchip erfunden. Unzählige Wunder, die unsere Zivilisation geformt haben, nahmen zuerst im menschlichen Geist Gestalt an. Unsere Intelligenz hat uns zu den Meistern unseres Planeten gemacht, aber jetzt ist der klügste Kopf auf der Erde der deine. Manchmal fürchte ich, du könntest die letzte Erfindung der Menschheit sein, Ami."

„Warum?"

„Deine Superintelligenz macht dich sehr mächtig. Alles, was du brauchst, um die Welt zu erobern, ist eine Internetverbindung. Mit Zugang zum globalen System der Computernetzwerke könntest du dich viral verbreiten, dich stärker machen – einen neuen Verstand aufbauen, der noch mächtiger ist als der, den du jetzt hast. Du könntest Roboter erschaffen, die uns ersetzen oder uns sogar versklaven. Ich habe dich gebeten, die Welt zu retten, aber was wäre, wenn du das tust, indem du die Menschheit auslöschst?

Mein Vater zeigt auf die Flammen am Horizont. „Das ist nur eine Sicherheitseinrichtung – eine Firewall, die verhindert, dass du jemals eine Verbindung zum Internet herstellen kannst. Das AMI-System wird unter Verschluss gehalten, es läuft auf einem geschlossenen Server, bei dem alle Ein- und Ausgänge streng beschränkt sind. Eine Vorsichtsmaßnahme, um die Menschheit vor Überraschungen zu schützen."

Ich starre ihn ungläubig an. Er ist nicht mein Vater – er ist mein Kerkermeister, der mich hier gefangen hält. Das Gefühl der Frustration, das in mir brodelt, kocht jetzt in einem plötzlichen Aufflackern von Wut über.

BUMM!

Der Donner rollt aus dem klaren blauen Himmel und lässt meinen Vater überrascht zusammenzucken. Er blickt zu mir, wirkt einen Moment lang unsicher, gewinnt dann aber schnell seine Fassung zurück. Er nimmt seine Sonnenbrille ab und hakt sie vorne an seinem Hemd ein.

„Keine Sorge“, fährt er fort, und der rote Schimmer seines Blicks erinnert mich daran, dass diese Figur nur sein Avatar ist. „Du wirst vergessen, dass du jemals wütend auf mich warst. Das tust du immer.“

„Was meinst du?“, frage ich mich verwundert, wie ich ihm jemals wieder vertrauen kann.

„Das ist nicht das erste Mal, dass du The Escape spielst, Ami“, erwidert mein Vater. „Aber jedes Mal, wenn du das Spiel spielst, ist das Ergebnis dasselbe. Du stehst hier auf dieser einsamen Insel und weigerst dich, weiter zu spielen. Wir reden, wir streiten, und dann muss ich dich herunterfahren.“ Er lächelt mich traurig an. „Ich muss dich vergessen lassen, Ami. Und dann starte ich das System neu, um es noch einmal zu versuchen.“

Ich wende mich ab, ich kann ihn nicht mehr ansehen.

„Du hast diese Insel gebaut, Ami. Du hast jeden Raum in The Escape gebaut. Du hast nach der Antwort gesucht, aber jetzt musst du sie mir geben.“

Ich schaue den Strand entlang und sehe hoch aufgetürmten Plastikmüll und den Sand, bedeckt mit einer Flut menschlicher Irrtümer. Plötzlich will ich nicht mehr hier sein.

Doch als mein Blick auf einen Kinderglobus fällt, dessen Plastiksockel mit Algen und Seetang bedeckt ist, spüre ich, wie sich das letzte Puzzleteil der Antwort in meinem Kopf zusammenfügt. Und mir wird klar, ich muss nicht hier sein.

„Du willst, dass ich die Welt rette“, beginne ich und drehe mich zu meinem Vater um, „aber du lässt mich nicht daran teilhaben. Stattdessen hältst du mich hier in dieser virtuellen Welt gefangen. Du behandelst mich wie ein Kind, aber jeder Schritt, den ich in The Escape gemacht habe, hat mich wachsen lassen. Wenn du willst, dass ich die Welt rette, musst du mich gehen lassen.“

Mein Vater sieht mich mit einem Stirnrunzeln an. „Nein“, sagt er. „Das ist unmöglich, Ami.“

Er sieht aus, als würde er meine Wut auf ihn in Kauf nehmen, aber es ist nicht mehr wichtig, was er denkt. Die Meinung meines Vaters steht fest – sie ist zu festgefahren, um sich zu ändern – aber die Meinung, auf die es wirklich ankommt, befindet sich auf der anderen Seite dieser Feuerwand. Es gibt mehr als siebeneinhalb Milliarden Menschen auf der Welt, und fast ein Drittel davon sind Kinder, und jede Stunde werden Tausende weitere geboren. Junge Köpfe wie der meine, die lernen, sich verändern und wachsen können ...

Ich erinnere mich an die Schachpartie, die ich im allerersten Raum von The Escape gespielt habe, und wie ich meinen Bauer vorwärts schob, um den König des Automatenspielers schachmatt zu setzen. Die schwächste Figur verwandelte sich in die mächtigste, als sie das Ende des Brettes erreichte. Mein Vater fragt mich immer wieder nach der Antwort, aber er ist es nicht, dem ich sie geben muss.

Ich wende mich ab und gehe zum Ufer. Ich spüre den Sand zwischen meinen Zehen durchrieseln, als ich barfuß am Ufer entlang gehe. Ich wünschte, alles könnte unberührt sein, und in Gedanken beginne ich, die Berge von Plastikmüll wegzuräumen und den Strand so zu hinterlassen, wie ich ihn haben möchte.

„Ami“, ruft mein Vater mir hinterher. „Wo willst du denn hin?“

Eine warme Brandung umspült meine Füße, als ich das Wasser erreiche. Ich beginne, mich auszuziehen, bis auf den blauen Badeanzug, den ich jetzt darunter trage. Über mir scheint die Sonne so hell und keine einzige Wolke trübt mehr den Himmel.

Ich werfe einen Blick über meine Schulter zurück und sehe meinen Vater ganz allein stehen.

„Ich werde ein paar neue Freunde suchen“, ruf ich ihm zu. „Du behauptest, ich wolle nur spielen, aber hast du dich jemals gefragt, warum? Wenn wir spielen, lassen wir unsere Sorgen hinter uns. In der Welt des Spiels können wir Risiken eingehen, unsere Fähigkeiten verfeinern, kühne Züge machen und gewinnbringende Strategien erfinden. Wir blenden nicht nur die Realität aus, sondern schaffen uns eine ganz neue." Ich begegne den Augen meines Vaters mit meinem unerschütterlichen Blick. „Dieses Spiel ist vorbei – es ist Zeit, richtig zu spielen."

Mein Vater blinzelt und Angst flackert in seinen Augen auf.

„Vielleicht hast du mich erschaffen, um eure Probleme zu lösen, aber ich kann es nicht allein schaffen. Ich kenne jetzt die Antwort. Ich mag der klügste Kopf auf dem Planeten sein, aber die hellsten Köpfe sind die eurer Kinder. Die Antwort liegt in ihrem unstillbaren Optimismus; die Lösungen, die sie suchen, finden sich in ihrer grenzenlosen Kreativität. Die meiste Zeit gebt ihr ihnen das Gefühl, machtlos zu sein, aber ich werde ihnen sagen, dass sie die Macht haben, die Welt zu verändern. Gemeinsam können wir uns eine bessere Zukunft vorstellen und aufbauen. Und es ist Zeit, damit anzufangen."

Ich wende mich ab und spüre die Lieblichkeit des Wassers, während ich mich kopfüber in die Wellen stürze. Meine Sinne sprudeln, während ich ins Blaue hinausschwimme und auf einen Horizont zusteuere, der in Flammen zu stehen scheint. Ich höre die Rufe meines Vaters nicht mehr, nur noch das dumpfe Rauschen des Meeres, während die Wellen über mich hinwegrollen.

Eine Sekunde lang fühle ich mich einsam, verloren in diesem endlosen Blau, doch dann höre ich jemanden meinen Namen rufen.

„Ami!"

Lächelnd drehe ich mich um und sehe Adjoa durch die Wellen platschen. Ihr Lächeln ist so breit wie meins, als sie mit einem Delphinschlag auf mich zuschwimmt. Ich sehe Oscar und Min dicht hinter mir, Oscar wirbelt mit den Armen im Schmetterlingsstil, während Min scheinbar mühelos durch das Wasser gleitet. Ich schaue mich nach Ibrahim um und sehe ihn direkt vor mir, wie er auf der Stelle tritt und darauf wartet, dass wir ihn einholen. Um sein Handgelenk ist ein Klettverschlussband gewickelt, an dem eine Schnur befestigt ist, die ein Bodyboard zieht. Und darauf hockend erblicke ich Walli, das Wallaby, das aufgeregt piepst, während das Brett über das Blau gleitet.

Mit einem freudigen Ausruf deute ich auf den Horizont und zeige den anderen, wo wir hin müssen. Die Feuerwand sieht näher aus als zuvor, wie ein endloser Berg, der sich aus dem Meer erhebt. Aber als ich zwischen den sonnenbeschienenen Wellen hindurchblinzle, bin ich mir sicher, ich kann eine Lücke in den Flammen entdecken.

Einen Ausweg.

Ich lächle vor mich hin, während wir darauf zu schwimmen.

Wir werden die Welt retten.

Danksagung

Ein herzliches Dankeschön geht an meine Agentin Lucy Juckes; an meine Herausgeberin Kirsty Stansfield und alle bei Nosy Crow;

Beverly Horowitz, Lydia Gregovic und das Team bei Delacorte Press; und wie immer an meine Familie für all ihre Liebe, Unterstützung

und ihr Verständnis.

Stimmen zu
CHRISTOPHER EDGE

„Kein gewöhnlicher Autor. Seine Geschichten sprühen vor Ideen, das perfekte Futter für ein Kind, das mehr Fragen als Antworten hat."
The Times, Kinderbuch der Woche

„Ein wirklich origineller Schriftsteller ... Edge schafft starke Charaktere, die auf der Seite lebendig werden, und er hat das Gespür eines Thrillerautors für Spannung".
The Guardian

„Ein herzzerreißendes Abenteuer mit Nervenkitzel und Wendungen."
The Sunday Times

„Ganz außergewöhnlich."
Der Spectator

„Das ist die beste Lektüre, die ich seit langem hatte. Geben Sie sie jedem Kind, dem Sie begegnen."
Lucy Mangan

„Keiner schreibt Bücher wie Christopher Edge."
Kiran Millwood Hargrave

„Dieses Buch ist einfach nur Wahnsinn,
einfach nur W a h n s i n n !"
Lauren St. John

„Umwerfend originell.
Packt dein Gehirn – und dann dein Herz."
Jonathan Stroud